中华传奇文物书系

清皇陵奇

窦忠如 著

北京出版集团
北京出版社

图书在版编目（CIP）数据

明清皇陵传奇 / 窦忠如著. — 北京 : 北京出版社，2024.5
（中华传奇文物书系）
ISBN 978-7-200-18287-3

Ⅰ．①明… Ⅱ．①窦… Ⅲ．①纪实文学—作品集—中国—当代 Ⅳ．①I25

中国国家版本馆CIP数据核字(2023)第187808号

中华传奇文物书系
明清皇陵传奇
MING-QING HUANGLING CHUANQI
窦忠如　著
*
北京出版集团
北京出版社　出版
（北京北三环中路6号）
邮政编码：100120

网　　址：www.bph.com.cn
北京出版集团总发行
新华书店经销
北京华联印刷有限公司印刷
*
170毫米×240毫米　15印张　220千字
2024年5月第1版　2024年5月第1次印刷
ISBN 978-7-200-18287-3

定价：68.00元
如有印装质量问题，由本社负责调换
质量监督电话：010-58572393

目录 contents

- **不期而遇的世界桂冠** 1
  - 不期而遇的世界桂冠 1
  - 逝后追封 6
  - 移陵迁葬起波澜 12
  - 显陵之显 16
  - 钟祥之祥 20

- **尴尬十三陵** 22
  - "靖难"不是借口 23
  - 定陵地宫发掘始末 31
  - 祖陵孙用改昭陵 40
  - 未曾开放的神秘 47
  - 一种值得纪念的"悲哀" 88

- **孝陵卫的传奇** 95

- 埋藏湖底400年的秘密 111
- **信手指点马兰峪** 121
  - 特立独行的顺治帝 121
  - 康熙大帝的挠头事 129
  - "古稀天子"恋祖情 138
  - 无奈的选择 145
  - 何苦生于帝王家 150
  - 两个女人的生死较量 158
- **紫荆岭的魅力** 165
  - 历来改革多是非 165
  - 魂断木兰 171
  - 那不只是传说 175
  - 自古情人多磨难 184
  - 魂归西陵 190
- **龙兴之地有三陵** 196
- **盗亦有"道"** 215
  - 侥幸是一种命运 215
  - 无法弥补的劫难 218
  - 孙殿英的胆量与手段 223
  - 盗墓者自述 228

不期而遇的世界桂冠

位于中国湖北钟祥市东北7.5千米处的纯德山，当地人都叫它松林山，因为那山上生长着大片的古松柏。不过，那松柏原是一座皇陵——明显陵的风水衬托和防护墙，所以那座皇陵也就得到有效的保护。没想到这座保护完好的皇家陵寝数百年之后会与世界遗产这项桂冠结缘，当然，钟祥人恐怕也没有想到，因为那皇陵只是他们司空见惯的一处古迹而已。司空见惯，不一定能够洞悉其中蕴含的深邃历史文化。当然，与天上九头鸟并称的"湖北佬"是聪明而睿智的，否则何以能使名不见经传的小小显陵作为明皇陵的代表而入选《世界遗产名录》呢？

◎ 不期而遇的世界桂冠

确实，要研究皇陵实在不能绕开明显陵，否则那将是重大失误，因为它是明皇帝陵中承前启后的代表作。关于明显陵的设计布局、建筑构造和工艺手法，无疑是具有鲜明特色的，否则联合国教科文组织世界遗产委员会的专员们在考察中，何以也对明显陵这些特点给予充分肯定和惊讶赞叹？又为何能在2000年11月30日成为明清皇陵的代表率先戴上世界遗产的桂冠？如此，人们不禁要问：显陵的墓主到底是何许人也，为何能让后世之主竭尽心力来为他建造如此别具一格的皇陵呢？

与世界遗产这项桂冠不期而遇的明显陵，是明世宗嘉靖皇帝朱厚熜的父亲睿宗献皇帝朱祐杬和母亲献皇后的合葬墓。出生于明成化十二年（1476

明显陵御河桥、旧红门及内罗城俯瞰

明显陵是明代帝陵中单体面积最大的皇陵，规划布局和建筑手法独特，在明代帝陵规制中具有承上启下的作用，尤其是"一陵两冢"的陵寝结构为历代帝王陵墓中绝无仅有。

年）七月初二日的朱祐杬，11岁被册封为兴王，年仅18岁便远离京城到湖广安陆州（今湖北钟祥）就藩。据《明史》记载，朱祐杬"嗜诗书，绝珍玩，不畜女乐，非公宴不设牲醴"，是一位勤奋好学、节俭廉洁的藩王。他不仅登高必赋，是一位勤奋而有才气的诗人，还尊重科学，应用科学，为其属地人民办了不少有益的事，深受敬重和爱戴。

相传，兴王朱祐杬前往湖北就藩上任途中，当行舟到达龙江时有许多乌鸦盘旋在船只上空，到达黄州时又一次出现这种情况。于是，人们纷纷传说，兴王到湖北就藩必定会给当地人民带去福祉。而兴王听后却不以为然，认为一个地方的兴盛依靠的是贤良人士的管理和人民的辛勤劳作，而不是什么个人的庇佑。兴王到达湖北藩地后，他发现当地的人们十分迷信，对科技和医学并不相信，特别是当有人生病时不用药物进行治疗，而是设香案请巫师搞请神驱鬼等活动。为此，兴王朱祐杬开始在藩地大力推广科技、医学和农用知识，还专门把长史张景明撰写的《六益》一书悬在王府宫门前，表示入门者要人人讲求科学。经过兴王朱祐杬20多年的励精图治，湖广安陆州得到长足发展，人民丰衣足食，府库充实，还出现了人人学科学、用科学的良好氛围。然而，一代贤王朱祐杬却在正德十四年（1519年）正当壮年时薨逝了。朱厚熜在湖北继任两年后，也因为当朝皇帝武宗朱厚照驾崩，而以藩王世子入继大统，成了明世宗嘉靖皇帝。

明睿宗朱祐杬

朱祐杬（1476—1519年），明宪宗朱见深第四子、明世宗朱厚熜之父。成化二十三年（1487年）受封兴王，正德十四年（1519年）薨。其子明世宗朱厚熜即位后推尊为兴献帝，并追尊庙号睿宗。

明显陵明楼和宝城

显陵宝城分前后西圈城墙,中以瑶台相接,城墙周设垛堞和以汉白玉雕成的螭首散水。明楼平面呈正方形,楼内置"恭睿献皇帝之陵"碑。城台之前设石雕五供台和望柱一对。

当上了皇帝的朱厚熜,时刻也没有忘记藩地故旧,特别是父亲那位于松林山的陵地,更是时刻想着要重新修建,最好能按照皇帝陵的规制进行改建。于是,经过与朝中大臣们的唇枪舌剑,甚至动用严酷的廷杖刑罚,嘉靖皇帝才如愿以偿,把父亲追封为献皇帝,还将当年的王陵改建成帝陵,这就是显陵的由来。那么,经过精心改造后的显陵到底是怎样别具一格的皇陵呢?

找个机会走进显陵,得知显陵陵园共有两重:外罗城依山势而建,蜿蜒起伏,周长3438米,纵深1656米,占地183.13万平方米,其中陵寝部分占地52万平方米。根据"陵制当与山水相称"的原则,在这广阔区域内,将松林山四周的山峦、河流作为陵寝的重要组成部分,进行统一规划布局。绵延起伏的山体作为陵区的依托,环护四周;流水从陵区蜿蜒而过;而顺着山间起伏地势布列的各组建筑,更是错落有致,主次有序,构成了一项建筑艺术与环境美学相结合的天才杰作。

陵园内各建筑物的基座,大多采用须弥座式石雕台基,上面刻有简练而精美的纹饰,其流畅精湛的技法堪称一绝。独特绝妙的,还有显陵前后宝城的设置和十分科学的排水系统,如以瑶台相连接的前后宝城,前面是椭圆形的,而后面则是圆形的。前宝城建造于正德十五年(1520年),是兴王朱祐杬薨逝后不久由世子朱厚熜按照藩王陵规制建造的,而后宝城则是嘉靖十八年(1539年)以帝王陵寝规制进行建造的,其建构恢宏而

祾恩殿残存的台基

明显陵的祾恩殿建在须弥座式的石雕台基上,祾恩殿在明末农民起义中被毁,如今保留着台基及残垣断壁,而台基上用于排水的螭首清晰可见

奢华。前后宝城向外悬挑的散水螭首，设计得十分巧妙，能够将宝城上的水直接排泄到城外。而蜿蜒穿越在陵寝区的九曲河，其间根据地势高低建有九道聚水泄洪的拦水坝，不仅分段保留住了明净的水流，净化了陵区的自然环境，还有效地把从松林山上流下的水排出了陵区。这种巧妙的排水设计，后来被应用到明十三陵增建的几座帝王陵寝中，对十三陵的环境起到了很好的保护作用。

显陵墓主朱祐杬可能不会想到儿子会把他的陵墓建造成明皇陵中的佼佼者，更不会想到还因为他死后追封以及埋葬地选择的问题，而使大明王朝掀起了一场场惊心动魄的波澜。

◎ 逝后追封

从历史文献的记载来看，兴王朱祐杬不是一个图虚名爱荣华的人，但他可能不会想到在逝后会被追封为皇帝，从而还引起了一场场风波。在风波中，人们不知道那是一种幸运还是不幸，幸运的也许是逝去了的兴王朱祐杬，而不幸的则是那些敢与皇权抗争的人，因为他们为此遭受廷杖、丢掉乌纱帽、发配边疆充军，或者被逮捕入狱，甚至有的还命丧黄泉。那是一场怎样的政治风波呢？

正德十六年（1521年），年仅31岁的明武宗朱厚照"累"死在"豹房"里。由于武宗皇帝没有留下血脉，慈寿皇太后和首辅大学士杨廷和遵照"兄终弟及"的祖训，让湖北钟祥兴王朱祐杬的世子朱厚熜入继大统，当上了皇帝，这就是年号嘉靖的明世宗。按照封建伦理和皇家规制，朱厚熜应该过继给武宗的父亲明孝宗朱祐樘做儿子，但朱厚熜却想效法太祖朱元璋追封先祖为皇帝的例子，也追尊自己的父亲为皇帝。但是，刚刚当上皇帝的朱厚熜心里还有所顾忌，于是一些善于钻营的官员，如礼部大臣毛澄等人就援引汉朝定陶王、宋朝濮王故事，建议嘉靖皇帝以明孝宗朱祐樘为皇考，改称自己的父亲朱祐杬为皇叔父兴献王，改称母亲为皇叔母。

对此，嘉靖皇帝并不满意，命令大臣们重新商议。这时，进士张璁就迎合嘉靖皇帝的心意，上书请求追尊兴王朱祐杬为皇考，嘉靖皇帝听了十分高兴。恰巧，这时嘉靖皇帝的母亲蒋氏从湖北钟祥进京，刚到通州（今北京通州）就听说大臣们要嘉靖皇帝以明孝宗为皇考，便十分不满地说："安得以吾子为他人子！"也就是说，怎么能让她的儿子给别人当儿子呢？为了表示抗议，这位秉性刚直的兴王妃蒋氏便停在通州不往前走了。借此机会，嘉靖皇帝流着眼泪找到慈寿皇太后说，自己情愿不当皇帝也要侍奉母亲回湖北藩王府去。皇太后和大臣们一听都很惶恐，因为如果朱厚熜不当皇帝，必然会引起朝政混乱。于是，皇太后和大臣们不得不做出让步，追尊朱祐杬为兴献帝，嘉靖皇帝的母亲蒋氏为兴国后。

其实，这是一个双方妥协的折中办法，但并没能使嘉靖皇帝心满意足。于是，嘉靖皇帝不久又告诉大臣杨廷和等人，拟称自己的父亲为兴献皇帝，母亲为兴国皇后，而同样秉性刚直的大臣杨廷和却

杨廷和像

杨廷和（1459—1529年），字介夫，号石斋，四川成都府新都（今四川省成都市新都区）人。明朝中期名臣。嘉靖三年（1524年）因"大礼议"事件与世宗意见不合，罢归故里。

睿功圣德碑亭

睿功圣德碑即神功圣德碑。亭为重檐歇山顶，四边各开有券门。亭内为龟趺睿功圣德碑，碑文为嘉靖皇帝朱厚熜亲自撰写，记载着其父一生的文治武功、德行操守等，用以昭示后人。

联合群臣据理力争，坚决表示不同意。恰巧，这时正逢皇宫大内起了一场大火，杨廷和等人就引用五行学说理论为依据，说是上天示警也表示反对这件事。于是，嘉靖皇帝打算在兴献帝称号中加上一个"皇"字的事便没有成功，但是嘉靖皇帝最后还是决定为其父母加称"本生"两个字，所以朱祐杬被尊称为本生父兴献帝，其园陵也被追尊为帝陵，一律改用黄瓦红墙。到了嘉靖三年（1524年），嘉靖皇帝又加称其父为本生皇考恭穆献皇帝，尊其母为本生母章圣皇太后。同年又先去掉"本生"的号，后下诏改称其父朱祐杬为皇考。

在这场逝后追封大战中，张璁等人因顺应嘉靖皇帝的心意而骤然显贵，一些钻营取巧之人也都被加官晋爵。后来，锦衣卫百户随全和光禄寺录事钱子勋更是顺应嘉靖皇帝心意，首先倡议把埋葬在湖北钟祥的兴献帝迁葬到天寿山十三陵（当时只有7座帝陵），不料，这个提议却遭到礼、工二部

大臣们的激烈反对，于是嘉靖皇帝也就没能采纳那二人的建议，只是把父亲的陵墓尊称为显陵。到了嘉靖七年（1528年），嘉靖皇帝又追尊其父为恭睿渊仁宽穆纯圣献皇帝，并亲自撰写显陵碑文。10年后，嘉靖皇帝再一次追尊父亲朱祐杬为知天守道洪德渊仁宽穆纯圣恭俭敬文献皇帝，并确定庙号为睿宗，进入太庙，位次在明武宗之上。这就是史称的"大礼仪之争"。

既然把父亲追尊为皇帝，嘉靖皇帝便要把设置在湖北钟祥松林山的兴献王墓改建成帝王陵寝的规制。于是，嘉靖三年（1524年）显陵的司香太监杨保上言说："陵殿门墙规模狭小，乞照天寿山诸陵制更造。"嘉靖皇帝假意征求工部的意见，不料尚书赵璜却上奏说，陵寝应该与当地的山水相符合，既然已经改成了红墙黄瓦，再添加明楼和石碑，并将司香衙门改称为神宫监，别的也就不必过多改造了。听了尚书赵璜的话，嘉靖皇帝虽然心里很不满意，但还是暂时答应了。于是，第二年显陵便得到了初步改造。

历时3年改造的显陵，"殿宇巍峨，规制壮丽，视天寿诸陵无异"。也就是说，这时的显陵与明十三陵中的帝陵没有什么区别。不过，嘉靖皇帝在后来又先后两次对显陵在陵寝建筑制度方面进行了改造。一次是嘉靖十八年（1539年）时，在原有宝城之后新建一座玄宫和宝城，并增筑陵寝周围的墙垣和其他一些地面建筑，从而形成了今天前后双宝城的格局形式。这次显陵改建，不仅动用了大量国库银两，费时也长达4年之久。显陵的第二次改建是在17年后，主要进行祾恩殿的重建工程，并把原先殿宇的单檐形制改建为重檐式。同时，也对显陵的前导建筑做了一些增建，从而完成了显陵作为帝陵的基本建制。

显陵改建成功后，嘉靖皇帝为了表达对父亲朱祐杬的尊崇，曾亲自写下神功圣德碑文。全文为：

我皇考恭穆献皇帝，乃我太祖高皇帝玄孙，宪宗纯皇帝次子，孝宗敬皇帝

明显陵棂星门

　　明显陵棂星门六柱三门，石柱上各置独角神兽一只，明间及次间额枋上，均饰云纹及火焰宝珠，故亦称"火焰牌坊"。进入此门，就意味着升入天堂。

长弟，武宗毅皇帝之叔父也。以成化丙申降诞，母乃宪庙孝惠皇太后邵氏也。蚤膺宪祖之命，出阁授学，经书默契，道理贯通。暨受孝伯考之命，以金册封王，国号曰"兴"，出就湖广安陆州为国都，锡以恩赉，倍于他藩，我皇考恩纪诗记之详矣。惟我皇考以宗室之亲，近亲之长，昔承宪祖之严训，并奉孝伯考之嘉谟，恪守祖训，治隆一国，敬慎而明修国祀，社稷山川罔不鉴歆忠谨，而臣事两朝，孝庙、皇兄屡加褒奖，诚孝以至于亲。迎养之辞，已著于遗治之疏。宽仁以抚其下士，夫百姓每形于称颂之词。至于谨水旱之灾，轸国民之苦，修身齐家，而明德睦族之道。循次允行；讲学穷理，而乐善好古之心，惟日不足。燕居清暇，游心诗书。凡天时人事，古今事变之迹，皆欲考其渊微，究其旨趣，此《含春堂诗》所由作也。及爱育朕躬，抚教眇质。若训以国政，则曰坚遵祖训，恪守吾行；训以进学，则曰求道亲贤，勉体吾志。又至于口授诗书，手教作字，有非笔墨间所能尽述者矣。方当日聆严训，膝下承欢。忽而皇天降割，于正德十四年六月十七日辰时上宾。朕以孩童孤昧之年，上奉圣母，日惟号泣苦痛，五内摧伤，随遣使闻于皇兄，蒙恩赐以嘉谥，命武职重臣以主祭吊，又命文臣一人以掌礼仪，及赐敕命朕暂理府事。朕乃告于国社国稷等神，请于圣母，谋于士民，择境内之松林山，以为陵墓之所，即奏于皇兄。越九月余，式惟明年三月发引，朕亲奉灵舆，安厝于此。又越一年。我皇兄龙御上升，遗诏遵我太祖高

明显陵神功圣德碑

明显陵神功圣德碑全名"皇考恭穆献皇帝睿功圣德碑"，是嘉靖帝为纪念父亲而亲手书写的。

皇帝兄终弟及之训，下命朕入承大统。当是之时，即命礼官议处应行称号等项事宜。乃泥古弄文，援据非礼，欺朕冲年，几于伦叙失序，治理茫然。荷皇天垂鉴、祖宗佑启，赐予良臣，起议大礼，群邪解争，众议顿息，于嘉靖三年上尊号曰恭穆献皇帝，陵曰"显陵"。遣官以奉其祀，经营设置一如祖宗之制。今思若不刻以金石，曷以昭示后人也。用是稽首敬述，复系之以诗曰：惟我皇考，德配于天，圣功昭赫，睿德敷宣，亲贤为善，仁孝周迁，宜享茂祉，以寿绵绵，忽而弗豫，亲舆上旋，痛哉哀哉，慕恋拳拳。予方童昧，晨夕震颠，勉统乃事，孤子谁怜？上荷圣母，爱护生全；卜求吉兆，丰土深渊，官占既协，松林之巅，神宫固密，扶舆往焉。奉安玄室，悲号伏前。既予绍统，追思曷眠，荐名显陵，设官卫环，纾我至情，以报昊天。愿祈昭鉴，永奠万年，呼鸣微衷，痛彻九泉。

既然父亲朱祐杬有如此美德功绩，逝后追封似乎早就成为应该的事，只是那些从中作梗的大臣们不明智罢了。那么，这种不明智是否真的不明智呢？

◎ 移陵迁葬起波澜

中国人最讲究名正言顺，否则是很难有号召力和说服力的。所以，明世宗嘉靖皇帝一御极登基就琢磨追尊自己的父亲为皇帝，并打算把埋葬在湖北钟祥的父亲也迁葬到北京天寿山的十三陵，以表明自己当皇帝的正统。没想到，为此却在朝廷上下掀起了一场轩然大波。

嘉靖三年（1524年）九月，明世宗嘉靖皇帝凭借着不可抗拒的皇权，动用威赫的廷杖刑罚，终于赢得"大礼仪之争"的最后胜利。在那场争论中，反对者遭到不同程度的惩罚，而积极支持嘉靖皇帝的则纷纷被加官晋爵。为此，一些聪明的大臣又趁机向嘉靖皇帝进言，应该把已经埋葬在湖北钟祥的父亲遗体迁葬到北京来，最早提议的就是锦衣卫百户随全和光禄寺录事钱子勋二人。嘉靖皇帝听了很高兴，就派驸马都尉、京山侯崔元为奉迎行礼使，兵部尚书张瓒为礼仪护行使，锦衣卫指挥赵俊为吉凶仪仗官等，专门负责从湖北迁葬北京事宜，而翊国公郭勋全面负责在天寿山营建母亲的陵寝，以便父亲一迁葬过来就能进入地宫。不过，对此礼部尚书席书和工部尚书赵璜等人并不赞同，他们认为"皇考体魄所安，不可轻犯；山川灵秀所萃，不可轻泄；国家根本所在，不可轻动"，并举例说明明成祖朱棣没有迁葬太祖朱元璋的缘由。为此，嘉靖皇帝犹豫不决。于是，迁葬的事就暂时放下了。

到了嘉靖十七年（1538年），嘉靖皇帝的母亲在北京薨逝后，他又琢磨趁这个机会把父亲迁葬到北京来。可有一次，当嘉靖皇帝到天寿山察看正在修建的母亲陵寝后，便表示今后还是把母亲埋葬到湖北钟祥为好，并把钟祥陵寝尊为显陵。而这时，嘉靖皇帝的宠臣严

严嵩像

严嵩（1480—1567年），今江西省分宜县人。明弘治、嘉靖年间权臣，擅专国政达20年之久。专擅媚上，窃权谋利，贪污纳贿，大力排除异己，激化了当时的社会矛盾。

嵩为了讨好他，却极力劝说："灵驾北来，慈宫南诣，共一举耳。大峪可朝发夕至，显陵远在承天，恐陛下春秋念之。臣谓如初议便。"

严嵩的意思是说，迁葬到北京和把皇太后葬到湖北都是一样的。不过，北京天寿山路程较近，而湖北钟祥较远，恐怕皇上您会惦记，还是按照当初的提议迁葬为好。而这时嘉靖皇帝却不同意严嵩的说法，他反驳说，难道成祖就不想念太祖了吗？但是，嘉靖皇帝话虽那样说，心里对钟祥显陵的风水并不清楚，于是专门派人到湖北去查看，当回来的人报告说钟祥显陵地宫进水后，他又亲自跑到钟祥去查看了一番，并下令重新修建一座地宫，意思还是合葬在显陵为好。然而，就在嘉靖皇帝从湖北回

显陵内城及宝城

内城城墙已修复。正门为棱恩门，面阔三间；其后为棱恩殿，面阔五间，均仅存殿基；棱恩门两侧，残存琉璃双龙壁。宝城前后两圈城墙，中以瑶台相接。

京途中，在今河北望都看见尧帝母亲的陵墓，便想起尧帝父母也是异地安葬的，于是，嘉靖皇帝又决定把母亲埋葬在北京，不运回湖北安葬了。不料，几天后当他再次来到天寿山母亲的陵地时，觉得天寿山陵寝很孤单凄凉，风水远不如湖北钟祥的形势好，便再一次改变主意，决定把母亲送回湖北钟祥安葬。如此来回折腾几番，在天寿山建造的陵寝也就空了下来，最后竟被嘉靖皇帝的儿子隆庆皇帝给占用了，并改名为昭陵。

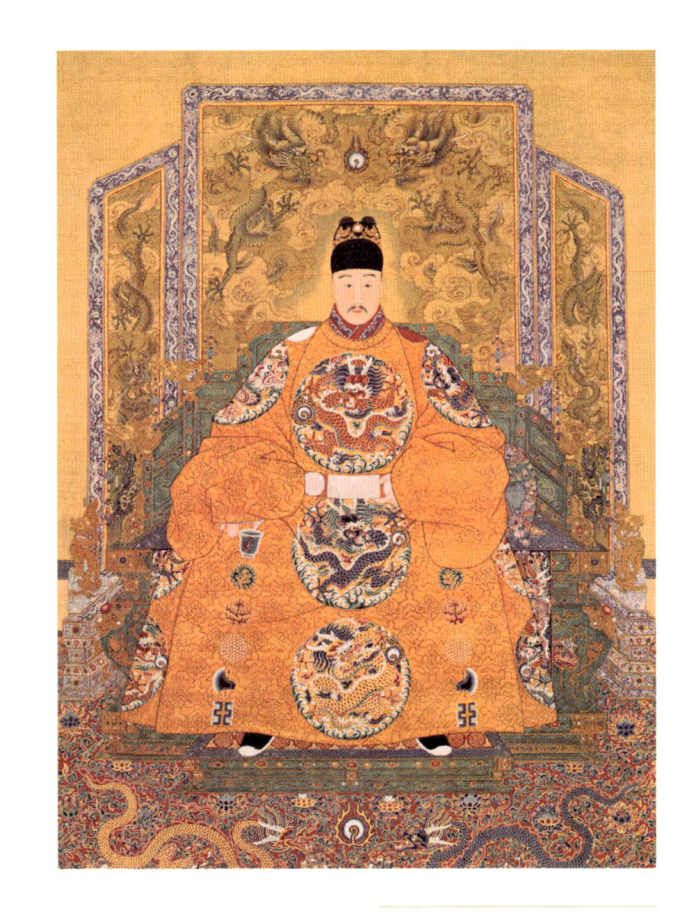

通过嘉靖皇帝移陵迁葬反反复复的过程，不难看出他个人极不稳定的秉性。确实，如在对待人们都熟悉的清官楷模海瑞的问题上，他一方面承认海瑞对他的批评是有道理的，是对他忠心耿耿的，而另一方面他又极力为

明世宗嘉靖皇帝像

明世宗朱厚熜（1507—1567年），年号嘉靖，生于湖广安陆州（今湖北钟祥），明孝宗朱祐樘之侄、兴献王朱祐杬之子、明武宗朱厚照的堂弟。在位时围绕其生父兴献王的尊称和祀典问题，掀起了史称"大礼仪之争"的政治事件。去世后葬于北京十三陵之永陵。

自己辩解，说自己常年不上朝理政是因为身体不好。同时，嘉靖皇帝既希望通过对海瑞的恩遇为自己赢得一个明君的好名声，而另一方面他对海瑞的直言不讳又十分反感，甚至想杀掉海瑞。关于嘉靖皇帝的这种矛盾心理和反复做法，曾在这套丛书的故宫卷中有描述，在此不赘述。不过，仅仅通过移陵迁葬这件事情来看，就已经可以揣测出嘉靖年间的政治态势，不难得知他执政期间朝廷是处在什么样的状态了。而无论嘉靖皇帝在处理朝政上是怎样的昏聩无能，他优柔寡断的做派却无意中成全了钟祥，使钟祥这么个小地方拥有了一处值得湖北人炫耀的世界遗产地。这绝对是嘉靖皇帝所没有想到的吧？

◎ 显陵之显

不过，无论古今钟祥人如何对待显陵的墓主和它的建造者，都不妨碍显陵的特别和显赫，更不能阻挡世界古建专家们对它刮目相看。那么，显陵到底有什么显赫特别之处呢？

始建于明正德十四年（1519年）的显陵，建成于嘉靖四十五年（1566年），前后历时达47年之久，其陵园面积达183.13万平方米。整个陵园宛如一个巨大的"宝瓶"，红门内长达1360米的神道直达陵寝，下马碑、新红门、旧红门、御碑亭、望柱华表、石像生、龙凤门、九曲御河、汉白玉石拱桥、祾恩殿、明楼、方城等30余处规模宏大的建筑组成了陵园整体。陵园外罗城依山而建，周长3438米，纵深1656米，墙高6米，墙体厚1.8米，红墙黄瓦、金碧辉煌，蜿蜒起伏于层峦叠嶂之中，雄伟壮观。

陵门共有两座，新、旧门均以砖石砌筑，为面阔三间的无梁殿，单檐琉璃歇山顶。门前左右各立下马碑一块，碑上刻字为明代大奸臣严嵩的手笔。门内石板铺成的神道，直抵内城。棂星门矗立中部，六柱三门，方形石柱，柱

脚以抱鼓石为支撑，柱顶各置独角神兽一只，明间及次间的额枋之上，都饰有云纹和火焰宝珠。而棂星门前的神道两侧，整齐地排列着狮子、獬豸、骆驼、象、麒麟、马等6种石兽，每种2对，共12对24件，以及文臣、武将2种石人，共2对4件，它们都是用整块汉白玉石雕琢而成。

内城正门为祾恩门，面阔三间；其后为祾恩殿，面阔五间，而现今都只存有隐约可见的殿基。祾恩门的两侧，还保存着琉璃双龙壁。城分前后两圈城墙，中间以瑶台相接，平面形状如哑铃，城墙周围设有垛堞和汉白玉雕成的螭首散水。前城直径

显陵神道和石像生

明显陵入口是一对高大的石望柱，后面有12对石兽和6对石人，依次排列狮子、獬豸、骆驼、象、麒麟、马等6种石兽，每种2对，共12对24件，以及文臣、武将2种石人，共2对4件。

祾恩殿前丹陛石

祾恩殿已毁,而残存的云龙丹陛很有特色,龙凤呈祥图,凤在上,龙在下,是明代唯一的一幅。嘉靖皇帝打破传统,将凤放在龙之上,源于他15岁称帝,母后辅佐17年,给予其巨大的帮助。

112~125米,墙高5米,城内圆形土冢之下,是正德十四年(1519年)为兴王朱祐杬营建的墓室;后城直径103米,墙高5.5米,城内圜丘之下的玄宫,是嘉靖十八年(1539年)新建的,从而形成了举世罕见的一陵双冢。方城前砌方形城台,下设券顶甬道,上建明楼。明楼平面呈正方形,边长9.2米,楼内置"恭睿献皇帝之陵"的陵碑,两侧列立着正德年间为兴王制作的圹志。城台之前,设有石雕供台和望柱一对,柱顶各立有獬豸一只。陵园内各建筑物大多建在须弥座台基之上,刻有简练精美的纹饰。门券石多以汉白玉刻龙纹贴面。祾恩殿前的云龙丹陛、螭首散水及回廊栏杆等构件的雕刻技法尤为精湛,是明代石刻艺术的典型作品。

另外,明显陵在规划布局上充分运用了中国传统的风水理论——陵制与山水相称的格局,把陵寝周围的山川水系作为建筑构成的主体要素,并根据"负阴抱阳"和"背山面水"

的原则,将松林山的左右山峰作为祖山和砂山,而陵寝前面的天子岗则当作案山,从而形成了明显陵与自然环境高度统一而和谐的局部小环境。其次,明显陵在建筑构造上,不拘泥于旧制,而是因地制宜,充分利用松林山地势依次设置下马碑、门、亭、望柱、石像生、坊和桥等构件,且顺着山势一直导向享殿、明楼和宝城等中心建筑。这种疏密有间、层层递进的建筑布局,又巧妙地掩隐在山环水抱之中,堪称是建筑艺术与环境美学完美结合的杰作。同时,明显陵在建筑手法上也非同一般,不仅是一座陵墓两个地宫,其"金瓶"形的外城、九曲回环的御河、龙形的神道和内外两个明塘的结构,都是明帝陵中的孤例,在中国所有帝陵中也是十分罕见的。

对称的建筑形制

九曲御河、御河桥、内明塘、祾恩门遗迹、内城祾恩殿及配殿遗迹、明楼、前后宝顶等,所有建筑呈对称分布

◎ 钟祥之祥

湖北钟祥能够让世人认识和了解，应该归功于那里的一座皇陵——显陵，因为它在成为世界文化遗产的同时，也成了钟祥的一个品牌。所以，从某种意义上说钟祥这么个小地方得以享誉世界，似乎离不开显陵给它带来的吉祥。当然，古时的吉祥也许是一种偶然，而它得以如此完美地展现在世人面前，则应该得益于那里人们的世代保护，特别是今天钟祥人的善于保护和甘于奉献的精神。

其实，在闯王李自成农民军进占湖北钟祥时，建筑宏伟而精妙的显陵也曾遭过毁坏。清军入关后虽有修缮，仍不如以往规模，但至少得以完整保存。后来，民国期间军阀混战，显陵又一次遭到毁坏，许多地面建筑更是毁坏严重。特别是日军盘踞湖北钟祥年间，显陵地面宫殿里的文物碑石被毁坏殆尽，有的墙砖也被拆下来用于建筑炮楼。再后来，在湖北钟祥人民的尽心保护和修缮下，显陵终于得以重新焕发出旧日的辉煌和神韵，直到2000年11月30日被列入《世界遗产名录》。

那么，成为世界遗产之后的明显陵又将如何面对世人呢？

记得有记者在采访时任湖北省文化厅副厅长兼省文物局局长的沈海宁先生时，他介绍说，显陵作为"明清皇家陵寝"中明陵的代表，在申报世界文化遗产过程中，虽然投巨资拆除了违章建筑，搬迁了陵区农户，清挖了外明塘，疏通了九曲御河，维修了现有建筑，平整了道路广场，并植树绿化，清除杂草等，恢复了陵区蓝天绿水的环境风貌，为申遗成功打下了坚实基础，但更令人欣慰的是，为保证联合国专家实地考察的一次成功，显陵周围两个村的居民曾两度搬迁到外城——当他们新建的20多栋两层楼住宅刚刚落成时，有关专家又提出请他们迁到山外面，于是这些护陵人后裔在一个月内开始了第二次迁移。当时没有人讲条件，更没有人当"钉子户"，而他们每户得到的补偿最多

也不过2万元人民币。

　　闻听湖北文物官员如此介绍，人们不由得对钟祥人顾大局、讲奉献的精神所感动。因为钟祥人民的生活并不富裕，他们能够拥有这么强的文物保护意识，真应该成为人们学习的榜样。如此，使钟祥人永远得到吉祥的护佑，应该成为人们的共同心愿。

残存的琉璃影壁

　　明显陵棱恩门两侧精美的琉璃影壁，为明代各帝陵所无。从现存墙体看，为琉璃仿木形式，上部为瓦檐，檐下是琉璃仿木构件，下部为须弥座，花心正面为琼花图案，背面为双龙图案，非常精美。

尴尬十三陵

大明王朝自1368年朱元璋创建始，其统治时间长达276年，传位12世，共经历了16个皇帝。其中，太祖朱元璋埋葬在江苏南京孝陵的地宫里，第二代皇帝朱允炆生死不明未能修建陵寝，在非常时期当了8年过渡皇帝的代宗朱祁钰被迫葬在了北京西郊金山脚下的景泰陵中，其他13位皇帝都在北京昌平天寿山建造了奢华的帝王陵寝，这也就是名闻中外的"十三陵"。不过，中国明清皇家陵寝最初作为文化遗产被列入《世界遗产名录》时，十三陵还处在一种尴尬境地。尴尬自然是因为在人们的潜意识里，只要一提到明清皇陵首先想到的就应该有十三陵，而名声在外的它却未能入选。这种尴尬直到2003年6月30

明十三陵分布图

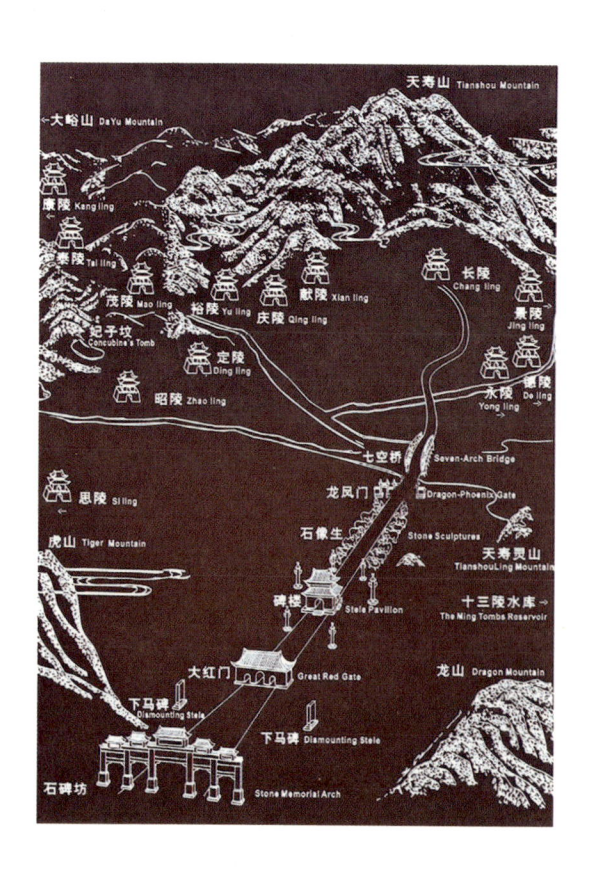

日，才在联合国教科文组织第27届世界遗产大会召开时被解除，这是因为它作为世界遗产明清皇陵的扩展项目进入了世界遗产清单里，成为全人类共同拥有的文化财富。那么，这么一处寸尺之地集中如此众多精英的皇家陵寝，到底有着怎样的不凡呢？

为了便于读者了解和阅读，暂且按照十三陵中已经开放和未对外开放的现实状况进行分别解说。

◎ "靖难"不是借口

关于当年燕王朱棣发动的"靖难之役"，虽然是争夺皇位的骨肉相残，但历史上却鲜有贬责之词。这一现象并不符合中国人同情弱者的传统心理习惯，剖析其原因，大约是人们并不赞成由懦弱无能的建文帝朱允炆来主宰当时的中国命运，而偏向于有着雄才大略的燕王朱棣成为明成祖，好为人们撑直腰板去过短暂人生中的幸福生活。所以，"靖难"从某种意义上讲，确实是功德无量的。更何况，正是因为那场"靖难"才有了后来迁都北京，才有了朱棣开创十三陵这一世界文化遗产地，也才有了今天人们得以沐浴深邃历史文化的大好机会。

十三陵，位于北京昌平天寿山脚下，从德胜门乘车北行大约45千米就可到达。进入天寿山陵区，远远望去，只见一座巨大的五间六柱十一楼式石牌坊屹然矗立着，这是整个陵园最南端的第一座建筑物。整个建筑造型美观大方，结构也显得十分匀称和谐，纯一色的汉白玉制作给人一种晶莹光洁的感觉。特别是牌坊夹柱上方雕刻的麒麟、狮子和应龙等怪兽，无不形象逼真。据说，这座牌坊是明嘉靖十九年（1540年）建造的，整个牌坊宽28.86米，中间最高的地方高达14米。在当时没有机械化工具的情况下，人们是如何把那些巨大石料安放上去的，并如此严丝合缝，真是不可想象。

十三陵牌坊

十三陵牌坊构件均依木制构件形制进行雕刻，是我国现存最早和建筑等级最高的大型仿木结构石牌坊。

穿过石牌坊，就是十三陵的正门——大红门。在门洞旁有一块石牌，上面刻着"官员人等至此下马"几个大字。与大红门左右相连接的，是把整个陵园都可以围起来的高大围墙，周长约有40千米。不过，那雄伟森严的围墙如今多已坍塌，剩下的残垣断壁只能供人们在心里怀想了。据说，十三陵陵园原有10个出入口：即从大红门向东绕行依次有中山口、东山口、老君堂口、贤庄口、灰岭口、锥石口、雁子口、德胜口、西山口和榨子口，然后再转回到大红门。不过，在西山口和榨子口之间还有一处旁门，叫小红门。这十口在十三陵整个陵区中，主要起到一种进水和排水的作用。

与大红门相连的，是一条笔直通向十三陵第一座帝王陵寝——长陵的"神道"。神道上的第一座建筑，是高大的神功圣德碑碑亭，亭内竖立的石碑正面题有"大明长陵神功圣德碑"几个大字，其背面刻有多达3500多字的碑文，那是"洪熙元年四月十七日孝子嗣皇帝高炽谨述"的。不过，我们今天见到的这块碑并不是那时建造竖立的，而是明宣德十年（1435年）刻立的。在十三陵中，除了这块石碑上刻有文字外，其他各陵前碑亭里的石碑都没有文字。其中原因，有点类似于当年武则天和唐高宗合葬的乾陵前那块无字碑的用意，当然这是后人揣说。

在碑亭外面的四角方位上，各立有一根圆形大石柱，叫"擎天柱"，后来也叫"华表"。那石柱

十三陵大红门

大红门建于明成祖时期，是明朝帝王陵墓建筑中规模最大、最宏伟的陵园大门。墙体为红色，单檐庑殿顶上覆黄色琉璃瓦，下承石刻冰盘檐，辟三券门。

上雕刻有云龙、云板和云盘，最上端是一只蹲卧的异兽，它们南北相对，分别叫作"望君出"和"盼君归"，意思是希望身处禁宫的皇帝要经常到民间去了解民情，而外出后又不要迷恋世间繁华而忘了归朝理政。

绕过神功圣德碑碑亭，就是造型迥异而逼真的石像生了。在陵墓前放置石人石兽的制度，似乎早在秦汉以前就已初步形成，而到了大明王朝时则更加繁复奢华了。在十三陵神道两侧的石像生共有18对，分为石人和石兽两种，石人有勋臣、文官和武将3种共6对，且都是立像；而石兽则有狮、獬豸、骆驼、象、麒麟和马6种共12对，其中立像和卧像各6对。这些体积庞大的石像生，虽然有的达30多

大碑亭

大碑亭即明成祖朱棣长陵神功圣德碑碑亭，是一座重檐歇山顶的高大方形亭楼。台基边宽23.1米，亭高25.14米，四面各辟券门。碑亭四壁及台基为明朝原物。

立方米，但都雕刻得十分精致而细腻，其造型也很生动，无不体现当时工匠们的高超技艺。

在石像生的北面，是一座汉白玉制成的石牌坊，叫棂星门，也有叫龙凤门的，由于牌坊匾额的中央部分雕刻有石琢火珠，因此人们又把它叫作"火焰牌楼"。这座造型别致的"火焰牌楼"，共有3个门洞，其间以短墙相连接，整个建筑是用红墙、黄绿琉璃瓦和汉白玉相搭配，所以显得格外鲜亮而美丽。

绕过"火焰牌楼"，依次有七孔和五孔的两座石桥，然后便可来到本节主人公——明朝第三位皇帝明成祖朱棣的长陵了。长陵，是十三陵中第一座帝王陵寝，也是十三陵中的祖陵，当然，更是其间

神道及望柱、石像生

十三陵石像生设置基本沿用明孝陵制度，不同之处是将石望柱由石像生的中间移到石像生的最前端，并增加了四功臣像。其排列顺序是石望柱、狮子、獬豸、骆驼、象、麒麟、马、武将、文官和勋臣。石兽和石人均相对排列于神道两侧。

长陵全景

　　长陵为十三陵中的祖陵，是明成祖朱棣和皇后徐氏的合葬墓，在十三陵中建筑规模最大，营建时间最早，地面建筑也保存得最为完好。

规模最大的一座陵寝。

　　长陵共有三进院落，第一进院落里原有建筑陵门、神库、神厨和碑亭，经过岁月风雨侵蚀，如今只剩下陵门和碑亭了。第二进院落中原有享殿、殿门、两庑配殿和神帛炉等建筑，其中主要建筑就是享殿，明嘉靖年间又叫祾恩殿，其规制与故宫太和殿相同，建造在三层石阶的台基之上，正殿也是明堂九间式样，其高大雄伟的姿态与太和殿简直别无二致。大殿总面积1956平方米，是中国现存最大殿宇之一，其最突出的特点就是建筑所有用料都是由极其珍贵的金丝楠木构成。而大殿内那32根楠木巨柱更是十分罕见，其中间的4根最为粗大，直径达1.17米，两个人都不能合抱过来。进入第三进院落，呈现在人们面前的是高大的宝城、明楼和埋葬有明成祖朱棣遗体的陵冢宝顶。巨大的陵冢高有数丈，绕其一周有两华里之余。建造如此巨大奢华的陵冢，到底需要花费多少人工和时间，实在是难以想象。

宝城下面有曲直的甬道，可以直接登上明楼。方形的明楼四面开门，中间立一块石碑，上面刻有"大明成祖文皇帝之陵"几个大字。不过，这块碑并非原碑，因为明成祖朱棣原先的庙号是"太宗"，原碑上刻的也是"大明太宗文皇帝之陵"几个字。到了嘉靖年间改称为"成祖"，而那时却未换碑，

长陵祾恩殿

祾恩殿是后继皇帝祭祀永乐帝后的场所，建筑在汉白玉雕刻成的三层台基上，金砖铺地。面阔九间，进深五间，象征着皇帝为"九五至尊"。

明成祖永乐皇帝像

明成祖朱棣（1360—1424年），明太祖朱元璋第四子，年号"永乐"。初为燕王，"靖难之役"中打败建文帝，即皇帝位，后迁都北京。

只是用木头刻了"成祖"两个字嵌在碑上，后来由于明楼失火被毁，只好重新立了一块新碑，也就是今天人们所看到的这一块。

长陵，是从永乐七年（1409年）开始动工修建的，到永乐十一年（1413年）建成，共用了4年的时间。长陵原先所在的地方叫黄土山，传说明成祖朱棣从南京到此勘选陵地时正逢他的生日，就把黄土山改名天寿山，这个名称一直沿用至今。长陵建成后，最先葬入其中的并不是朱棣，而是朱棣的皇后徐氏，她是永乐五年（1407年）死去并葬在南京的，后来又从南京迁葬于长陵，所以这位徐氏也就成了十三陵中的第一个被埋葬者。长陵建成11年后，明成祖朱棣于北征回师途中因病突然驾崩在榆木川（今内蒙古多伦境内）。由于事发突然，又正在行军途中，大臣们便不敢声张，只好采取秦始皇当年死于沙丘时秘不发丧的办法，将遗体秘密装殓起来，其他一切都和

平常一样，只等回到京城后再行宣布。当时，由于既没有材料也不便收集材料铸造棺椁，只得将军队中所有的锡器全部集中起来，铸成明成祖的棺椁。为了保密，大臣们还把铸棺的工匠全部杀死，以免泄露消息。虽然明成祖朱棣的遗体在其死后第21天才被运回北京，但并不妨碍后嗣皇帝和大臣们按照帝王入葬的礼仪和规格去隆重办理，所以朱棣入葬长陵的仪式还是十分繁复隆重的。

抛开明成祖朱棣入葬长陵的隆重仪式不说，有后人将他迁都和埋葬长陵的原因揣测为，他是为了避免当年"靖难"时所结仇家的报复行为。其实，对于明成祖迁都的原因，后人应该不难从其结果中得出合理解释。至于选择天寿山作为大明王朝又一处皇家陵寝地，那也是当年明成祖朱棣表示迁都决心的一种方式，当然也是完全符合风水学的。虽然当年燕王朱棣夺取侄儿朱允炆的帝位是以"靖难"为借口，但他埋葬在北京天寿山的长陵，绝对不是一种胆怯的表现，他毕竟称得上是一代英主。

◎ 定陵地宫发掘始末

定陵，是十三陵中唯一向世人开放地宫的陵墓，也是中国第一座主动发掘的皇帝陵。在发掘之前，中国的考古界和历史界有不同意见，而发掘之后地宫里珍宝的命运也各不相同，但那都是一种考验。

1955年10月，时任北京市副市长吴晗、中国科学院院长郭沫若、文化部部长沈雁冰（茅盾）、人民日报社社长邓拓及中国科学院历史研究所所长范文澜等人联名上书国务院，请求发掘明成祖朱棣的陵墓——长陵。这一请求，很快得到上级批准，随即成立了"长陵发掘委员会"，并由中国考古巨匠夏鼐先生直接主持发掘事宜。不过，夏鼐先生自始至终都对这次发掘明确表示反对。

长陵石五供和宝城明楼

在最初的计划中,长陵是首先发掘的对象。

当初提议发掘长陵时,时任中国科学院考古研究所所长的夏鼐并不知晓,而提议者都是当时的一些著名历史学家,他们请求发掘长陵主要是从历史学角度考虑的,而考古发掘并不简单地等同于发掘历史。夏鼐先生不同意,主要原因是当时中国考古工作的技术水平和设备还难以承担古代帝王陵寝的发掘工作,且文物出土后的保存和复原技术也不过关。所以,夏鼐认为与其发掘出来使其遭到毁坏,还不如让它继续埋在地下。为了阻止长陵的发掘,夏鼐在国务院已经批准发掘长陵的情况下,仍然与当时文化部文物局局长、著名文物收藏家、鉴赏家郑振铎一起陈述利弊,希望能够说服吴晗等人放弃这次发掘。后来,经过激烈商讨和实地勘察,国务院决定以定陵为试点进行发掘,暂时放弃长陵的发掘计划,并做出暂时不再批准主动发掘帝陵项目的决定。

既然国务院有此决定，始终持不同意见的夏鼐只有全力投入到主持定陵的发掘工作中。定陵是明代后期万历皇帝的陵墓，修建于万历十二年（1584年），历时6年、耗银800万两才建成，30年后孝端皇后王氏和万历皇帝先后埋葬于定陵的地宫里。

因为封建帝王的陵墓向来修建稳固，要想打开并非易事，所以考古工作人员经过细致勘察，终于发现宝城南侧外墙皮砌砖有松动塌陷迹象，于是在宝城内侧正对券门的地方开出一条宽3.5米、长20米的探沟。探沟，是考古发掘工作中为探明遗迹而向地下开挖的狭长沟道。通过开挖探沟，先后在隧道内侧石条上发现了"隧道门""金墙前皮""右道""宝城中""左道""大中"等字迹，并在探沟尽头找到了砖砌的券门。为了尽快接近神秘的地宫，找到通向地宫的蛛丝马迹，考古工作者又顺着砖隧道走

明神宗万历皇帝像

明神宗朱翊钧（1563—1620年），明穆宗朱载垕的第三子，年号万历。亲政之初励精图治，生活节俭，有勤勉明君之风范，开创了"万历中兴"局面。

向开挖出宽10米、长30米的第二条探沟，并于1956年9月3日在探沟中发现一块小石板，上面刻有"此石至金刚墙前皮十六丈、深三丈五尺"。也就是说，这块石碑有可能是一把开启地下宫殿的"钥匙"。于是，第三条探沟即按照小石碑指示方向进行挖掘。在挖掘过程中，考古工作者发现这原来也是一条长长的隧道，其两侧全用大块花斑条石砌筑，隧道呈斜坡状，越往下走则越深，当石条隧道延伸达17层时，深度已距地表有20多米，它同砖隧道一样也是露天的。在这个石隧道尽头，有一堵大墙拦住了去路，经过丈量，正是小石碑所示"此石至金刚墙前皮"的距离，无疑这就是"金刚墙"了。金刚墙是帝后棺椁进入的门道，从表面上看是一堵无门无缝的砖墙，用砖56层，高达8.8米，墙顶全以黄色琉璃瓦作檐，而底部则用大石条垒砌，墙中央有一处砖石似乎有曾被撬动过的痕迹，像是一个"金"字

考古人员打开金刚墙

金刚墙多见于明、清两代皇陵，是地宫入口处的最后一道防线。金刚墙由大块城墙砖砌垒而成，为保证它的坚不可摧，砖缝间用糯米汁和砂浆混合灌注，使其紧密黏合，更加牢固

形的门，故叫"金刚墙"。在金刚墙的后面，无疑就是人们希望找到的神秘地宫了。

拆开金刚墙，考古人员从露出的小口中发现里面黑洞洞的，心里都有些害怕，因为在《史记·秦始皇本纪》中有这样的记载：在秦始皇的地宫里，曾"令匠作机弩矢，有所穿近者辄射之"。那么，定陵地宫是否也如此呢？为此，"一位好心的工人同志，抱了一只母鸡来，他说，如果当真有那么多埋伏，鸡会去做替死鬼"。其实，金刚墙里面除了石头地面和地面上散乱的料珠外，并没有什么"机关"，只是一间方形的空房子而已，这是连接地宫的第一室，也叫"隧道券"。隧道券西端隔着一重石门，打开石门就是神秘的"地下宫殿"了。

总面积1195平方米的"地下宫殿"，全部为拱券式石结构，由前、中、后、左、右五个大殿堂组成，前、中两殿前后衔接，呈长方形；左右配殿置于中殿两侧，与中殿平行，中间有甬道相连；后殿最大，它横在中殿西首顶端，地面用光滑的花斑石铺砌，后殿中央砌有汉白玉石床，这是放置皇帝和皇后棺椁的地方。前、中、后三殿连成一线，三殿各有一道石门相通。每扇石门都是用整块汉白玉精心雕琢而成，洁白光润，门高3.3米，宽1.8米，重约4吨，正面雕出纵横九排的乳状门钉，共81枚，门的中央雕有门环，石门上面横着一根重约10吨的铜管扇，管扇即一根长方形大梁，宽84厘米，厚30厘米，长360厘米，两端嵌入券门两侧，以承受沉重的大门，石门上轴插入铜管扇内，下轴嵌入石门墩里面。细细察看石门，门轴的一边较厚，约有40厘米，另一边较薄，约有20厘米，这种符合力学原理的设计，使两扇共重约8吨的石门能够很轻便地开关。但是，石门后面用极其粗大的"自来石"顶住了。当初为了打开这几道石门，考古人员先用粗铁丝从门缝中伸入将"自来石"套住，再用一块薄板从门缝插入推动"自来石"，使之直立，因其受套住的铁丝牵制，既便于脱离石门，又不致往后倒而砸坏地面。

定陵地宫前殿和第二道石门

定陵地宫的第一道石门被打开之后，看到里面是由石头券成的前殿。地宫经历了400多年，有的石材已经剥落，地上都是剥落的石块和白灰，但基本保存完好。地面上有腐朽的木材组成的过道，当年运送棺木留下的印迹清晰可见。

前殿，是东西长20米、南北宽6米、高7.2米的长方形券室。中殿的结构与前殿相似，唯东西长度为32米。不过，中殿里的摆设俨如皇帝生前的金銮宝殿，3个由整块汉白玉雕成的"宝座"呈品字形放置，中间一个满雕云龙纹饰，显然是属于万历皇帝的，左右两个镂雕凤纹，应该是两位皇后的。每个"宝座"前置有石五供，石五供前各有一盏"长明灯"。中殿中间左右各有石券门一扇，两条甬道分别通向南北配殿，这配殿也像其他殿堂一样高大宽敞，也用石头起券，长26米、宽6米、高7.1米，各自的中间有一个汉白玉垒起的棺床，但棺床上却空无一物。棺床长17.4米、宽3.7米、高0.4米，床面用金砖铺就，中央有一长方形孔穴，称为"金井"。按理，左右配殿棺床应该是皇后棺椁置放地，而这里却空无一物，皇后的棺椁都放在了后殿中，这实在是一个不解之谜。

穿过中殿，就是地宫中的最后一室——后殿。后殿是放置帝后棺椁的地方，也是地宫中最主要的部分。它较其他殿堂宽敞高大，长30.1米、高9.5米、宽9米，石条起券，地面一律用光滑的花斑石铺就。棺床上并列着3具棺椁，正中的是万历帝朱翊钧的梓宫，楠木为棺，松木为椁，长3.9米、高1.8米。开棺后，发现尸体已腐烂，仅剩骨架，头发还保留着，仍然是结着发结的样子，上面插着簪子，死者的嘴骨上还残留着几根胡须。从骨骼上看，朱翊钧身材并不高大，且稍稍有些驼背，这与死者生前纵欲过度和饮酒吸毒有关。为了便于读者了解墓主神宗皇帝朱翊钧的生平，在此作一简介：

定陵地宫中殿陈设

定陵地宫中殿刚打开时，3个宝座并不是在一条直线上先后排列，而是品字形排列的。每个宝座前均有石五供和当作长明灯使用的青花龙纹大缸。

朱翊钧，穆宗第三子，嘉靖四十二年（1563年）八月十七日生，隆庆二年（1568年）三月十一日立为皇太子，六年六月十日即位，年仅10岁，次年改元万历。万历四十八年（1620年）七月二十一日崩逝于弘德殿，享年58岁。九月，上尊谥号为"范天合道哲肃敦简光文章武安仁止孝显皇帝"，十月三日葬于定陵。神宗皇帝是明代享国最久的帝王，也是典型的荒淫怠惰之君。

在万历皇帝的两侧分别是孝端皇后和孝靖皇后的棺椁。孝端皇后王氏，神宗原配，浙江绍兴府余姚人，永年伯王伟女，生于京师。万历六年（1578年）二月被册立为皇后。王氏性情温和宽厚，颇得孝定太后欢心。光宗为太子时，能曲为照应。郑贵妃专宠后宫，王氏亦受冷落。万历四十八

定陵地宫后殿陈设

此为发掘现场拍摄的照片。棺床上中间那口棺椁就是万历皇帝朱翊钧的，左边那口属于孝端皇后，右边那口是孝靖皇后的。孝靖皇后的棺椁腐朽得很厉害，散落一地的物品，都是当时的陪葬品。

年（1620年）四月六日，王氏病故，谥曰孝端皇后。光宗即位，上尊谥号为"孝端贞恪庄惠仁明媲天毓圣显皇后"，与朱翊钧死于同年并一同入葬定陵地宫。

而所谓"孝靖皇后"王氏，光宗皇帝的生母，是宣府都司左卫人，原任锦衣卫百户赠明威将军指挥前佥事王朝窭之女。王氏生于嘉靖四十四年（1565年）正月二十七日寅时，万历六年（1578年）二月初二选入皇宫（年13岁），初为慈宁宫宫人，侍奉神宗皇帝的母亲孝定皇太后。有一天，神宗皇帝到慈宁宫，见王氏颇有姿容，遂将她私幸，后册封王氏为恭妃，万历十年（1582年）八月十一日，王氏生下皇子朱常洛（光宗皇帝）。但神宗并不喜欢王氏母子二人。万历十四年（1586年）正月，神宗最宠爱的贵妃郑氏生皇三子朱常洵，神宗马上晋封她为皇贵妃，每日形影不离。而王氏封号却如故，且母子同居景阳宫，终年不得与神宗相见。万历二十九年（1601年）十月，朱常洛被册立为皇太子，移居迎禧宫，王氏移居慈庆宫。至此，王氏的封

考古人员正在万历皇帝棺内提取文物

定陵地宫共出土文物3000多件，绝大多数都是价值连城的珍宝

号仍然没有变动。万历三十三年（1605年）十一月十四日，皇太子朱常洛喜得长子朱由校。这在宫廷中是一件大事，而王氏的封号还是没有变动。大臣们接二连三上疏谏劝，神宗才不得不于翌年四月二十日晋封王氏为皇贵妃。但她此时的处境却更加凄苦，就连生病时也被单独锁在一处幽静院落里，很难见亲人一面，直到万历三十九年（1611年）九月十三日酉时病逝。王氏薨逝后，起初被埋葬在十三陵的东井附近，并没能和朱翊钧合葬在定陵地宫中。后来，太子朱常洛继位29天后被万历皇帝宠妃郑氏害死，其长子朱由校继位才追封宫女出身的王氏为孝靖皇太后，并于当年即万历四十八年（1620年）与万历皇帝合葬于定陵。

历时两年零两个月的定陵发掘，终于在1958年7月宣告结束。不过，说是发掘成功了的定陵，其出土的遗体和许多珍贵文物却遭到了不同程度的毁坏。而如果单纯地归咎于后来的"文革"的话，也许理由并不充分。那么，到底该如何评价中国首次主动发掘帝陵呢？这就只能留待考古专业人士评论了。

◎ 祖陵孙用改昭陵

昭陵，是明穆宗朱载垕和他3位皇后的合葬墓，也是十三陵中第一座经过大规模修缮后开放的帝陵。建在大峪山下的这座陵墓，原是明世宗朱厚熜为他追尊为皇帝的父亲朱祐杬建造的，最初尊名为显陵，后来因为明世宗的儿子明穆宗生前没有预建寿宫，故在他驾崩后正好用上了这处空穴，并改称为昭陵。

不过，明穆宗朱载垕入葬现成的显陵还关系到当时的一位大臣，那就是中国历史上大名鼎鼎的改革家张居正。隆庆六年（1572年）五月二十六日，明穆宗在乾清宫驾崩，其子明神宗万历皇帝派礼部左侍郎王希烈到天寿山为穆宗选择陵地，选中永陵左侧的潭峪岭，也就是今天十三陵中德陵所在的位置，但同年六月明神宗又让大学士张居正与司礼太监曹宪再去陵区勘察。张居正回来后却对明神宗说，风水是关乎皇陵凶吉的大事，应该多听取大家的意见，不妨再派精通风水的人去勘察一番。于是，明神宗就让户部尚书张守直、礼部右侍郎朱大绶、工部左侍郎赵锦、礼科都给事中陆树德、江西道御史杨家相、工部主事易可久等官员与张居正一同再次前往天寿山察看。

一班人回来后，在大学士张居正的建议下，明神宗便决定采用大峪山作为穆宗陵寝的修建地，而放弃了礼部左侍郎王希烈先前选择的那片潭峪岭吉地。据后人揣测，明神宗之所以选用大峪山现成的陵地，一是因为大峪山风水确实比潭峪岭吉祥，二是节俭务实的张居正当时正在进行改革，一贯倡导节减开支，而大峪山有现成的玄宫和部分地面建筑，只要稍加修缮便可使用，所以他不主张花费银

张居正像

张居正（1525—1582年），今湖北省荆州市人。明朝政治家、改革家、内阁首辅，辅佐明万历皇帝朱翊钧进行"张居正改革"，史称"万历新政"。

昭陵祾恩殿

昭陵是明穆宗朱载垕及其3位皇后的合葬陵寝。建成后祾恩殿曾于清康熙三十四年（1695年）遭雷击起火被彻底烧毁。乾隆五十年至五十二年（1785—1787年），祾恩殿得到重建，但改变了原有建筑的规制。

两去重新建造新的陵寝。

不过，在进行大峪山现成陵地的地面建筑建造中，同样花费无数。据史料记载，在大峪山陵地建造地面建筑时，由于投入大量的资金和人力，工程进展得很快，仅用一年时间，就使昭陵工程全部竣工。不料，因为施工不细致，仅过了一年，陵园建筑便出现了地基沉陷问题，是十足的豆腐渣工程。为此，万历皇帝震怒，对先前因建陵迅速而受到褒奖的官员进行了严厉的惩处。不得已，万历皇帝于万历三年（1575年）正月又委派工部左侍郎陈一松等人对昭陵进行重新修缮。因为昭陵多次兴工修建，其耗费银两十分惊人，据文献记载，昭陵第一次兴工，也就是增修地面建筑时就花费工部库银39.0932万两，其中还不包括神木等三厂的木料用银、大通桥厂的白城砖用银、大石窝等厂旧石料的折银，以及户、兵二部雇抵班的军工食行粮等用银，如果把这些花费加起来，总计用银达50余万两。当然，以上只是昭陵第一次修缮所花费的银两，如果加上第二次修缮和营建地宫等用费，据史料记载可达200万两白银，相当于穆宗执政时一年的财政总收入。

花费无数、建造精美的昭陵，共埋葬了穆宗皇帝朱载垕和他的3位皇后。不过，在这3位皇后中只有陈氏当过真正的皇后，但是在隆庆元年（1567年）被立为皇后的这位陈氏，无子多病，和丈夫朱载垕的感情并不深厚，甚至后来还被迫出居别宫，

昭陵宝城和明楼

最初明楼的斗拱上檐为单翘重昂七踩斗拱，下檐为重昂五踩斗拱。在明末战乱中被毁。清乾隆年间重修，变成了上下檐均为单翘单昂五踩斗拱。明楼内还增加了条石券顶。

当初真不知是因为什么被册立为皇后的。皇后李氏是明穆宗做裕王时的王妃，早在嘉靖年间就死去并葬在了金山，她的皇后名号是朱载垕即位后追封的，叫作孝懿皇后，等到朱载垕死后才合葬到昭陵中。另一位李氏皇后原是朱载垕的贵妃，因为生的儿子朱翊钧后来当了皇帝（即明神宗万历皇帝），故被尊为太后，这就是历史上有名的孝定李太后。在明穆宗朱载垕驾崩后，由于皇帝朱翊钧年仅10岁，所以这位孝定李太后就审时度势大胆任用内阁大学士张居正辅政，使已经走向衰亡的大明王朝一度有所振兴。不过，万历皇帝朱翊钧后来和他父亲一样荒淫无度，甚至还出现了28年不上朝的荒唐局面。

明穆宗隆庆皇帝像

明穆宗朱载垕（1537—1572年），明世宗朱厚熜第三子，年号"隆庆"。在位期间重用张居正、徐阶、高拱等阁臣，谭纶、戚继光等将领，兴利除弊，使国势有所起色。

昭陵墓主明穆宗朱载垕，是明世宗朱厚熜的第三子，因为他的两个哥哥先后死去，他才得以继位当了皇帝。朱载垕在即位之初，能够任用贤臣，听取不同意见和建议，且自己也颇有节俭的美名。如他听取内阁首辅大臣徐阶的建议，为在嘉靖年间因规劝皇帝而获罪的大臣平反，并把当年蛊惑嘉靖皇帝陷入道教而不理朝政的方士逮捕入狱；如听取大学士张居正的建议赦免囚徒、减免贫苦农户的田赋、任用因敢于直言上谏而遭逮捕的清官海瑞等。这些措施的采取，使隆庆初年出现了一种中兴的大好态势。然而，穆宗皇帝朱载垕并没能成为一代明君圣主，他骨子里那贪图享受和荒淫的本性，使他不顾当时国库空虚和民生凋敝的形势，多次下诏让户部四处购买宝石，并大兴土木修建宫苑等，其在位6年间在这方面花费银两竟不下数十万两之巨。后来，穆宗皇帝朱载垕开始一意孤行，不再听取大臣们的意见，还对敢于上谏者进行残酷的廷杖惩罚。荒淫无度的穆宗皇帝朱载垕，因为长期沉湎于声色犬马之中，身体受到严重损伤，在位只有6年就于隆庆六年（1572年）驾崩了。

驾崩前的穆宗皇帝朱载垕，也许没想到自己会过早地死去，所以生前并没有建造陵寝，只好听从后人安排被葬进昭陵。昭陵建制基本沿袭十三陵中其他帝陵，不过其有一个最大的特点，那就是率先形成了比较完备的"哑巴院"制度。明帝陵从献陵到康陵的宝城内，其封土都是从宝城内环形的排水沟以内开始夯筑宝顶的，形状就好像是自然隆起的一样。而昭陵则不同，它宝城内的封土填得较满，几乎和宝城墙等高，正中筑有上小下大的柱形夯土墓冢，封土的前边还有弧形砖墙拦挡着封土，并与方城两侧的宝城墙相接，从而形成了一个封闭的月牙形院落，人们俗称之为"哑巴院"。此后，十三陵中的帝陵基本上都参照昭陵这一格局，使修建哑巴院成了一种制度。形制完备的昭陵，同样没能逃脱战争和自然风雨的毁坏，如崇祯十七年（1644年）明楼被闯王李自成的起义军焚毁，清康熙三十四年（1695年）三月五日祾恩殿遭到雷击彻底烧毁，而到了清乾隆年间两庑配殿和祾恩门也相继残坏。

昭陵哑巴院

昭陵的最大特点是形成了完备的"哑巴院"制度。其宝城内的封土填满,几乎与宝城墙等高,正中修建夯土墓冢,封土前用砖墙挡住,与方城两侧的宝城墙内壁相接,形成了一个封闭的月牙形院落。

1985年,政府对昭陵进行大规模复原修缮,并准备向游人开放。据有关资料记载,复原修缮的主要工程有:明楼木架结构和瓦饰的更换,修缮祾恩殿、祾恩门、两庑配殿、神功圣德碑亭、宰牲亭、神厨和神库建筑等。这些建构的复原和修缮,完全是按照有关文献资料的记载进行施工的,基本上达到修旧如旧,保持了昭陵的原貌,并于1990年9月1日作为旅游景点正式开放。不过,那时还有一些建筑工程没有完成,直到1992年才全部竣工。昭陵作为景点开放,并举办"明昭陵秋祭复原陈列"等系列活动。秋祭时供品丰洁、鼓乐喧天的隆重场面吸引了许多游客。

明昭陵秋祭复原陈列

该陈列再现了明代秋祭时殿内供品丰洁、乐器齐备的隆重场面。

只是，昭陵今天的辉煌和富丽是兴献皇帝没有想到的，否则他也许会责怪儿子嘉靖皇帝当初不迁葬他呢。不过，那些都已成为过去，昭陵今天迎来的不仅有作为世界遗产的荣耀，还有众多游客的关注。

◎ 未曾开放的神秘

明十三陵中埋葬了大明王朝16位皇帝中的13位。那13座陵寝中埋葬的不仅是13位帝王和他们的后妃，也埋葬着大明王朝丰富多彩的历史。而那还不曾开放的10座帝陵，更是让人无法洞悉那

庆陵祾恩殿遗址

十三陵未开放的10座陵寝大多地面建筑损毁严重。其中的庆陵是明光宗泰昌皇帝朱常洛的陵墓，祾恩殿已经损毁。

幽冥地宫中的秘密。2001年五一长假，我有机会专门来到明十三陵进行探幽，特别是对于那些还处在荒凉地界的帝王陵寝地，更是投入了特别的关注，没想到果真收获非凡。只是在非凡的收获中，我还产生了一种无法言表的心态，可那绝对不是什么探秘的乐趣，似乎是一份沉重的心情和凄凉的感伤，也许还有淡淡的遗憾在心中弥漫。究其原因，大概是被10座帝陵那人烟稀少的荒芜所搅动的吧。

十三陵，是埋葬大明王朝13个封建皇帝的陵寝地，除了前面单独介绍的明成祖朱棣的长陵、中国首次主动发掘的明神宗万历皇帝的定陵和第一座

经过修缮而开放的明穆宗朱载坖的昭陵外，还有仁宗昭皇帝的献陵、宣宗章皇帝的景陵、英宗睿皇帝的裕陵、宪宗纯皇帝的茂陵、孝宗敬皇帝的泰陵、武宗毅皇帝的康陵、世宗肃皇帝的永陵、光宗贞皇帝的庆陵、熹宗悊皇帝的德陵和庄烈愍皇帝的思陵10座陵寝。为了便于读者了解和探幽，现在便按照这个顺序一一介绍。

献陵

献陵是明朝第四位皇帝仁宗朱高炽和皇后张氏的陵寝。洪武十一年（1378年）生于安徽凤阳的朱高炽，是明成祖朱棣的长子，永乐二十二年（1424年）登基即皇帝位，第二年驾崩在紫禁城的钦安殿，享年48岁，谥号"敬天体道纯诚至德弘文钦武章圣达孝昭皇帝"。

仁宗皇帝朱高炽自幼聪慧善良，宽厚仁慈，深得太祖朱元璋喜爱。一年冬天，朱元璋让他和几位王世子分别去检阅宫廷卫士，其他几人很快检阅完毕回复了朱元璋，唯独朱高炽回复最迟。当朱元璋询问原因时，朱高炽回答说，因为早晨天气寒冷，士兵们还没能吃早饭，我就等他们吃完饭后才开始检阅，所以回来晚了。还有一次，朱元璋让朱高炽和几位王世子练习批阅奏章，几位世子不论大小事务都向朱元璋汇报，而朱高炽却只汇报与民生休戚相关的大事，对于大臣奏章中文字上的一些差错从不挑剔。当朱元璋笑着告诉朱高炽应该细致时，朱高炽却说："孙子没有疏忽，那些只是小毛病，不足以渎天听。"朱元璋听了十分高兴，又问："尧、汤时水旱严重，老百姓靠什么生活呢？"朱高炽回答说："靠圣明的恤民之政。"朱元璋连连夸赞说："孙儿有君人之识也。"

正如太祖朱元璋所说，朱高炽当皇帝后任用贤臣，虚心纳谏，而且能够承认和改正自己的错误。一次，大理寺卿弋谦上书言政时，措辞激烈，言语似有

明仁宗洪熙皇帝像

明仁宗朱高炽（1378—1425年），明成祖永乐皇帝长子，年号"洪熙"。在位时间虽然不足一年，但为政开明，虚怀纳谏，发展生产，与民生息，平反了许多冤狱，废除了许多苛政，天下百姓得到了休息，开启了"仁宣之治"。

不恭，仁宗皇帝朱高炽感到很恼火，虽然没有惩治他，但在朝中每当他出班奏事，就对他侧目而视，以至于许多大臣都不再像以往那样敢于直谏了。后来，大臣杨士奇告诉仁宗皇帝说：弋谦是根据您的号召直言的，如果您这样对待他，今后谁还敢进谏呢？仁宗觉得这话有道理，马上改变了对待弋谦的态度，还郑重地下诏自责。

只可惜仁宗皇帝朱高炽在位不到一年时间，就不幸驾崩了。由于朱高炽生前没有修建陵寝，所以他的献陵是他的儿子宣宗皇帝朱瞻基修建的。不过，献陵建制基本上是按照仁宗皇帝临终遗诏建造的，他在遗诏中说：

朕既临御日浅，恩泽未浃于民，不忍重劳，山陵制度务从俭约。

遵照仁宗皇帝遗诏，宣宗皇帝朱瞻基亲定献陵陵寝规制，委派大臣紧急督造，历时仅半年就全部竣工。建成后的献陵确实比较俭朴，不仅神道简约没有单独设置石像生、碑亭等建筑，就连方城、明楼、配殿和神厨等也都相对降低标准。

不过，献陵也有自己的特点，那就是祾恩殿和方城、明楼在院落上彼此不相连属。前面以祾恩殿为主自成一进院落，殿前左右建有两座配殿和神帛炉。院的正门是祾恩门，即陵园大门，门前出大月台，院后设单座门一道。后面以宝城、明楼为主，前出一进院落。这二座院落之间，隔有一座小土山，名为案山，它从陵园左侧延伸而来，是献陵的龙砂。因其屈曲环抱陵前，所以又是献陵的近案。在风水理论中，"龙喜出身长远，

献陵三座门

献陵损毁严重，现除宝城、明楼及第二进院落陵墙经修缮保存较好外，其第一进院落的建筑已全成废墟。三座门即二进院院门，为三座单檐歇山顶的琉璃门。

砂喜左右回旋"，"龙虎环抱，近案当前"，所以献陵的这种格局也就是风水理论中讲求的比较完美的内明堂格局。

在献陵这么好的风水墓穴中，随同仁宗皇帝入葬的，除了他的皇后张氏外，还有5位殉葬者。虽然这些殉葬者死时都被册封了嫔妃的谥号，但那悲惨的一幕实在惨不忍睹。不知仁宗皇帝是否知道殉葬的事，如果知道，以他那宽厚仁慈的秉性肯定是不会同意的。关于殉葬，在明十三陵中除献陵之外，长陵和景陵也都上演了这种惨剧，所以，当了解那段历史的人们站在献陵前时，肯定会有一种悲悯之情从心底涌现。

献陵宝城和明楼

宝城前为两柱棂星门遗迹和石五供。明楼已经修复。

景陵

景陵是明朝第五位皇帝宣宗朱瞻基与皇后孙氏的合葬陵寝。明洪武三十一年（1398年）生于北京燕王府的朱瞻基，是仁宗皇帝朱高炽的长子，洪熙元年（1425年）即皇帝位，10年后崩逝在乾清宫，享年37岁，谥号为"宪天崇道英明神圣钦文昭武宽仁纯孝章皇帝"。

宣宗皇帝朱瞻基继承父亲仁宗皇帝的衣钵施行仁政，非常懂得体恤民众，他多次下诏开仓赈济受灾的百姓，免除受灾地区的赋税，还亲自撰写《织妇词》赏赐给朝中大臣，让他们悬挂在各自家中，以督促其日夜关注民生疾苦。在行政用人上，宣宗皇帝堪称是公正清廉的楷模，他选贤用能，任用一大批有真正治理国家能力的仁人志士，对自己身边近臣和亲属要求十分严格，一旦出现不合仁政的事就予以严厉惩罚。宣宗皇帝的个人品行也是值得学习和称道的，

明宣宗宣德皇帝像

明宣宗朱瞻基（1398—1435年），明仁宗朱高炽长子，在位时年号"宣德"。早年深得祖父永乐皇帝的宠爱。即位后政治上重视整顿吏治、整顿统治机构，实行精简和裁冗措施；经济上实行休养生息、缓和社会矛盾的措施，与其父明仁宗统治时期合称"仁宣之治"。

他能书善画，在书画艺术上有很深的造诣，且精通骑射，曾专门拜访名师学习过武艺，在宣德三年（1428年）亲率3000精兵在蒙古兀良哈部骚扰时进击，率先引弓搭箭射杀敌军前锋3人，使蒙古骑兵对他闻风丧胆。宣宗皇帝在个人生活上十分注重节俭，对奢靡浪费深恶痛绝，有一次当朝中一大臣建议他派人到广东东莞采珠装饰后宫时，他生气地说"这是扰民以求利"，把那人关进了监狱。

朱瞻基在位期间实行一些减轻民困的措施，蠲免税粮、复业流民、赈灾救荒等，在稳定明朝统治方面起到一定的积极作用。他立内书堂，教小内使读书，宦官始通文墨，司礼监掌印及秉笔太监之权

景陵陵墙和宝城远景

1955年修缮了景陵的陵墙、三座门、两柱棂星门、明楼和宝城。

渐重。朱瞻基情富才全，不仅是文治武功，还雅尚翰墨，尤工于画，山水、人物、走兽、花鸟、草虫俱佳，留世画作有《武侯高卧图》《三阳开泰图》《苦瓜鼠图》《射猎图》等。

宣宗皇帝在位10年却没有为自己预先建造陵寝，他的景陵是儿子英宗皇帝朱祁镇即位后派人建造的，虽然断断续续修造了28年之久，但如仁宗皇帝的献陵一样简约。到了嘉靖十五年（1536年），明世宗嘉靖皇帝在拜谒长、献、景三陵时，见景陵规制狭小，就对大臣们说："景陵规制独小，又多损坏，其于我宣宗皇帝功德之大，殊为勿称。当重建宫殿，增崇基构，以隆追报。"于是，大臣们遵照嘉靖皇帝的旨意对景陵进行增建，还在陵前增建了记述宣宗皇帝功德的神功圣德碑。

不过，景陵和其他陵寝一样都遭受过战火和人为毁坏，虽然在清乾隆年间进行了一些修缮，但在本就简约的基础上又有所删减，这使景陵显得更加朴素。当然，宣宗皇帝生前从不讲究奢华，被如此对待他也许能够宽宥吧。

裕陵

裕陵是明朝第六位皇帝英宗朱祁镇和皇后钱氏、周氏的合葬陵寝。出生于宣德二年（1427年）的英宗皇帝朱祁镇，是宣宗皇帝的长子，年仅9岁登基，从正统元年到天顺八年（1436—1464年），前后在位共22年，其间由他弟弟朱祁钰当了8年皇帝。英宗皇帝的谥号为"法天立道仁明诚敬昭文宪武至德广孝睿皇帝"。

关于英宗皇帝朱祁镇，在历史上最值得书写的似乎只有那场"土木之变"了，不过那段史事已在这套丛书中的长城卷中有专述，在此不赘述。而英宗皇帝复位的"夺门之变"，是景泰八年（1457年）正月十六日发生的事。那一天，副都御史徐珵借边关警报之际，以增加皇城守备为名带领家丁混入皇城，并强行打开禁闭英宗皇帝的南宫,从中救出英宗,密谋使英宗复位重新当皇帝。

正巧,那天景泰皇帝朱祁钰也要临朝听政,于是徐珵等人就扶着英宗上辇匆匆奔往皇宫,当东华门守卫拦阻时,英宗皇帝大声说:"我太上皇帝也。"遂夺门而入。进入奉天殿后,徐珵等人将御座居中放置,请英宗皇帝朱祁镇登上御座,并提前鸣钟击鼓,召见百官。正在奉天殿前等待景泰皇帝升朝的大臣们,听到殿内一片喧哗,正纳闷时,见徐珵突然走出殿外高声喊道:"太上皇帝复位矣!"遂催促百官入殿恭贺。于是,英宗皇帝朱祁镇再次登上皇帝宝座,改景泰八年为天顺元年。之后,朱祁镇先是将当年拥立朱祁钰为皇帝的兵部尚书于谦杀害,然后又废黜景泰皇帝称号,改封朱祁钰为郕王,在紫禁城短暂幽

明英宗正统皇帝（或天顺皇帝）

明英宗朱祁镇（1427—1464年）,明宣宗朱瞻基长子,两次在位,年号分别为"正统"和"天顺"。在位时宦官专权,"土木之变"中被瓦剌俘虏,被放回后发动"夺门之变",复位称帝。

禁过一段时间，后又被英宗派人害死。

英宗皇帝复位后，大明王朝就开始颓败，实在令人遗憾。不过，在天顺八年（1464年）英宗皇帝驾崩前，朱祁镇遗诏中说从此结束宫人殉葬制度，这倒是功在千秋的好事。

英宗皇帝生前也没有建造陵寝，他的裕陵是在他驾崩后的二月二十九日才开始建造的。在当朝大员督理下，裕陵工程进展很快，仅用两个月时间就把地下玄宫建成了，4个月后裕陵全部竣工。《明宪宗实录》中记载，当时裕陵的规制为：

金井宝山城池一座，照壁一座，明楼、花门楼各一座，俱三间，香殿一座五间，云龙五彩贴金朱

裕陵陵墙和宝城远景

此为2001年裕陵修缮前的照片。裕陵在清乾隆年间进行过大规模修缮，但经过200多年的风雨飘摇，其明楼、祾恩门、祾恩殿等主要建筑已经破损相当严重。

红油石碑一,祭台一,烧纸炉二,神厨正房五,左右厢房六,宰牲亭一,墙门一,奉祀房三,门房三,神路五百三十八丈七尺,神宫监前堂五间、穿堂三间、后堂五间、左右厢房四座二十间、周围歇房并厨房八十六、门楼一、门房一、大小墙门二十五、小房八、井一,神马房马房二十、歇房九、马桩三十二、大小墙门六、白石桥三、砖石桥二、周围包砌河岸沟渠三百八十八丈二尺、栽培松树二千六百八十四株。

修缮后的明裕陵俯瞰

裕陵实行一帝二后的葬制。关于一帝二后葬制，当时还引起了一场争论，那就是太子是否非嫡出不可。因为太祖朱元璋在位时，曾专门就皇位传承问题要求必须传嫡不传庶，所以他在嫡长子朱标死后就把皇位传给了嫡长孙朱允炆，其后的皇帝们也都是传位于嫡长子。而英宗皇帝朱祁镇的正牌皇后钱氏生前久病无子，而贵妃周氏却生了个儿子朱见深，于是朱祁镇只好立周氏所生的儿子朱见深为太子。后来，英宗皇帝朱祁镇驾崩，已经当了太后的周氏就说，钱氏没有生儿子不应该称太后，所以也不能与英宗皇帝同葬一穴。而英宗皇帝在生前曾想到这一问题，还就此专门下诏要求钱氏与他合葬。于是，宪宗皇帝朱见深只好尊生母周氏为太后，称钱氏为慈懿太后，并将裕陵地宫分成三圹，且葬有钱氏的那一圹与中间朱祁镇的一圹用墙隔开，以示与真正的太后周氏不同。

茂陵

茂陵是明朝第八位皇帝宪宗朱见深和王氏、纪氏、邵氏3位皇后的合葬陵寝。正统十二年（1447年）出生的宪宗皇帝朱见深，是英宗皇帝朱祁镇的长子，曾因叔叔朱祁钰当了景泰皇帝而被废黜皇太子位改称沂王，后来父亲复位又被复立为皇太子，并改名朱见浚为朱见深，天顺八年（1464年）即皇帝位，成化二十三年（1487年）驾崩，谥号为"继天凝道诚明仁敬崇文肃武宏德圣孝纯皇帝"。

宪宗皇帝朱见深一生劣迹斑斑，几乎没有什么可以歌颂的事迹，而臭名昭著的劣行却比比皆是。如宪宗皇帝不经过吏部遴选和科举考试就直接任命官员，而且赋予太监很大的特权，助长了官场上的不良风气；如宪宗皇帝圈占民地为"皇庄"，直接与民争利，以至于朝廷官员争相效仿，使大量民田被圈占，百姓生活日渐艰难，阶级矛盾日趋激化；如宪宗皇帝增设特务机构"西厂"，

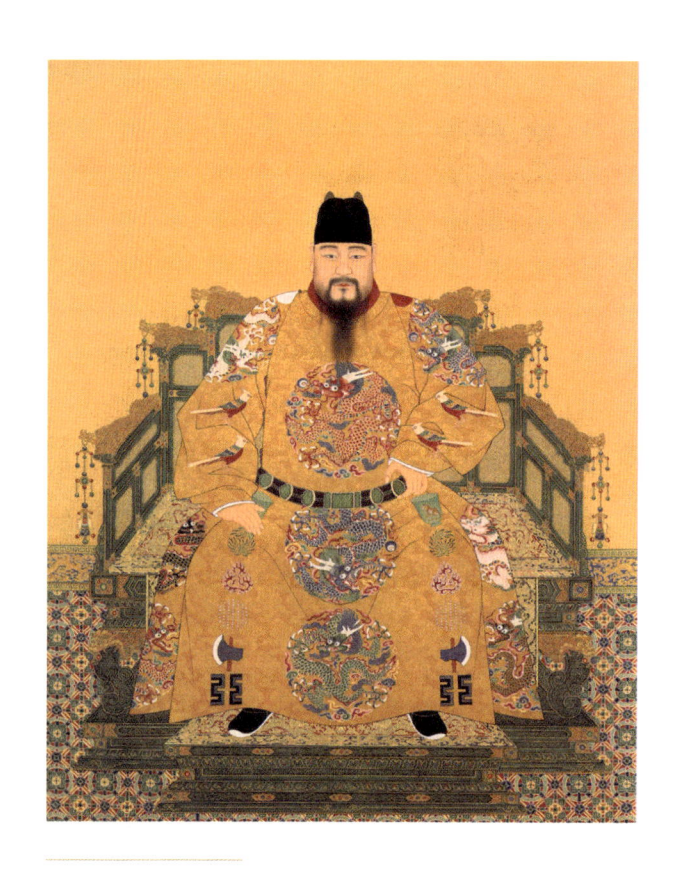

明宪宗成化皇帝像

明宪宗朱见深（1447—1487年），明英宗朱祁镇的长子，年号"成化"。即位之初倚重李贤、商辂等阁臣，斥逐佞幸，体谅民情，蠲赋省刑，考察官吏，朝中能臣会集，政局稳定。中后期宠信万贵妃，习学方术，朝政混乱。

任用个性刁钻的太监汪直负责，专门探访朝中大臣言行，致使出现朝臣人人自危的现象；如宪宗皇帝一意钟情于比他年长17岁的贵妃万氏，任由万氏骄横跋扈，奢侈浪费，并勾结朝廷官员把持朝政，使朝政呈颓败迹象；如宪宗皇帝极为推崇佛道之说，无心处理朝政，并任用僧人道士为朝廷命官，整天谈经论道，把朝政搞得乱七八糟，日趋腐败昏暗。

昏暗荒谬的宪宗皇帝朱见深驾崩后，被埋葬在茂陵的地宫里。但茂陵并非宪宗皇帝生前所建造，而是由嗣皇帝孝宗朱祐樘建造的。历时7个月建造竣工的茂陵，基本上与裕陵相仿，几乎没有什么更改。不过，茂陵建成后第三天，突然天降大雨，狂风裹着雷雨铺天盖地袭来，使茂陵的地面建筑惨遭毁坏。当时，世间传言说是因为宪宗皇帝在位期间不行仁政，所以上天示警。于是，孝宗皇帝朱祐樘替父祭天，祈求上苍宽宥，这用现在的观点来看当然是心理作用。茂陵遭受风雨袭击后，一直保存完好，特别是地面建筑宫殿内的陈设也保存较多。顾炎武在《昌平山水记》中记载：

> 十二陵惟茂陵独完，他陵或仅存御榻，茂陵则簋虡之属犹有存者。

这段文字记述的是清康熙、乾隆年间的情景，到了清朝末年和民国时期，茂陵也遭到毁坏，其状况与裕陵相仿。

在保存完好的茂陵里，与宪宗皇帝朱见深同葬的还有3位皇后，她们分别是王氏、纪氏和邵氏。

茂陵棂星门和宝城、明楼

茂陵陵寝制度大体如裕陵，但宝城内琉璃照壁后面设有左右两个方向的踏跺，可上登宝顶。这与其他各陵均不相同。

孝贞纯皇后王氏，上元人，中军都督追赠阜国公王镇之女，为宪宗皇帝的第二位皇后（第一位吴氏于天顺八年八月被废）。孝宗时，她被尊为皇太后，武宗时尊为太皇太后，正德五年（1510年），上尊号"慈圣康寿太皇太后"。武宗好出宫游玩，王氏常涕泣相劝。她在宫内待人仁和，从不误罚一人。正德十三年（1518年）二月十日，王氏薨世，谥"孝贞庄懿恭靖仁慈钦天辅圣纯皇后"。六月十六日葬于茂陵。

孝穆皇后纪氏，是孝宗皇帝的生母，广西贺县（今贺州市）人，是当地少数民族土官的女儿，成化时南征，被俘入宫。因为她机警通文，被授为女史，专门负责管理皇家典籍。一次，宪宗皇帝偶然来到内藏室，见纪氏对答如流，心中很是合意，就在内藏室中私幸了她，于是纪氏有了身孕。而当时已被封为贵妃的万氏，因为自己所生儿子不满周岁而死，遂对其他宫妃生子怀忌恨之心。宫妃中凡有孕的，她都想方设法让她们饮药堕胎。纪氏怀孕，自然不会被万氏放过。于是，万氏曾指使宫婢暗中下药，想使纪氏堕胎，但没有成功。原因是宫婢撒谎说纪氏不是怀孕，而是腹内长了痞积（肿瘤），遂被安置在静乐堂养病。数月之后，纪氏便生下了后来的孝宗皇帝朱祐樘。万贵妃得知后，曾密令门监张敏将朱祐樘抱出淹死，但张敏暗自吃惊地认为："上未有子，奈何弃之？"于是，张敏心生善念，假报已将朱祐樘淹死，实则将朱祐樘暗中抱回静乐堂，才使朱祐樘侥幸活了下来。

到了成化十一年（1475年），朱祐樘已经是6岁的孩童，可胎发还从未剃过。有一天，宪宗皇帝召张敏梳理头发时对着镜子叹息说："老将至，而无子。"听了宪宗皇帝这伤感的话，太监张敏立即跪下说："奴才死罪，万岁已有子也。"宪宗皇帝惊愕地问："子在哪里？"张敏说："奴言即死，万岁当为皇子主。"太监怀恩也说："敏言是，皇子潜养西内，今已六岁矣。匿不敢闻。"宪宗皇帝听罢大喜，即刻亲自到西内迎接自己的儿子。此刻，纪氏在静乐堂抱着朱祐樘哭着说："儿去，吾不得生，儿见黄袍有须者，即儿父也。"

见到身穿小红袍的朱祐樘，宪宗皇帝把他抱到自己的膝上，看了又看，悲喜交集地哭着说："我子也，类我。"

第二天，朝中大臣们纷纷入宫祝贺，宪宗皇帝立即颁诏天下，并将纪氏移居于永寿宫，备受宪宗皇帝宠信。万贵妃得知消息后，日夜怨泣，到了当年的六月二十八日，纪氏突然死去。传说是万贵妃乘宪宗皇帝召见纪氏时，在酒中下了毒药，将纪氏毒害至死。纪氏死后，赐谥号为"恭恪庄僖淑妃"，被埋葬在北京西郊的金山脚下。直到儿子朱祐樘即位后，才追谥号为"孝穆慈慧恭恪庄僖崇天承圣皇太后"，并迁葬茂陵。

孝惠皇后邵氏，昌化人，邵林之女，小时候因

茂陵祾恩殿遗址

茂陵在清乾隆年间曾得到修缮，至清朝末年祾恩门因年久失修已经倒塌，民国年间祾恩殿因残坏而被拆毁。

家贫而卖给杭州镇守太监，由此被送进皇宫。邵氏"知书，有容色"，初居外院，一个皎月当空的晚上，邵氏即兴吟咏她所作《红叶诗》，被宪宗皇帝偶然听到，遂被召幸而册立为宸妃，后又晋封为贵妃，并生了兴王朱祐杬及岐、雍二王。等到兴王朱祐杬之子世宗皇帝朱厚熜入继大统后，邵氏已经是一个双目失明的老年人了，而当她听说自己的孙子当了皇帝时，便拉着世宗皇帝从头摸到脚，显得非常高兴。世宗皇帝也尊称她为太皇太后，嘉靖元年（1522年）又上尊号"寿安太后"，同年十一月十八日去世。在确定邵氏葬地时，大臣们都说橡子岭（又名祥子岭，在今明定陵稍北）地形高敞，可以卜葬。而世宗皇帝则主张在茂陵附

茂陵神功圣德碑

近地方卜建陵寝，后经再三考虑，才于嘉靖二年（1523年）二月二十五日厚葬邵氏于茂陵。

泰陵

泰陵是明朝第九位皇帝孝宗朱祐樘和皇后张氏的合葬陵寝。成化六年（1470年）出生的孝宗皇帝是宪宗皇帝的第三个儿子，18岁即皇帝位，弘治十八年（1505年）驾崩在乾清宫，享年36岁，谥号为"建天明道纯诚中正圣文神武至仁大德敬皇帝"。

孝宗皇帝朱祐樘即位后，首先对父亲留下的昏聩朝政进行大刀阔斧的改革，特别是在官员任用上改革力度更大。他淘汰那些不学无术而被父亲任用的庸官和太监等，对于什么禅师、真人、佛子和国师等780余人予以罢官遣返。同时，孝宗皇帝对朝廷内阁班底进行大调整，凡是当年依附权要而入阁的一律罢免。古语云"一朝天子一朝臣"。孝宗皇帝在对朝廷官员进行大调整的同时，还注意选拔贤臣良将，对正直忠诚的人才不拘一格予以提拔重用。孝宗皇帝在处理朝政上，十分愿意听取大臣们的意见，然后才颁布施行。朝臣李东阳高兴地说："天顺以来，30余年间，皇帝召见大臣，都只问上一二句话，而现在却是反复询问，讨论详明，实在是前所未有的啊！"

孝宗皇帝对待臣属也十分宽厚平和，早朝时大臣们言事要从左右廊庑入内陈奏，由于地滑，大臣难免行走失仪，而孝宗皇帝从不问罪，有时还嘱咐他们注意安全，这令朝臣们都很感动。有一年冬天晚上，孝宗皇帝感到天气寒冷，就询问现在是否还有在外办事准备回家的朝臣，回家路上有没有照明用具。当听说有刚办完差事的官员回去没有照明灯具时，孝宗皇帝遂传下圣旨，命令今后遇有官员夜还，不论职位高低，一律执灯相送。孝宗皇帝本人在生活上也十分注意节俭，从不奢侈浪费，特别难能可贵的是他不近声色，对女色诱惑似乎

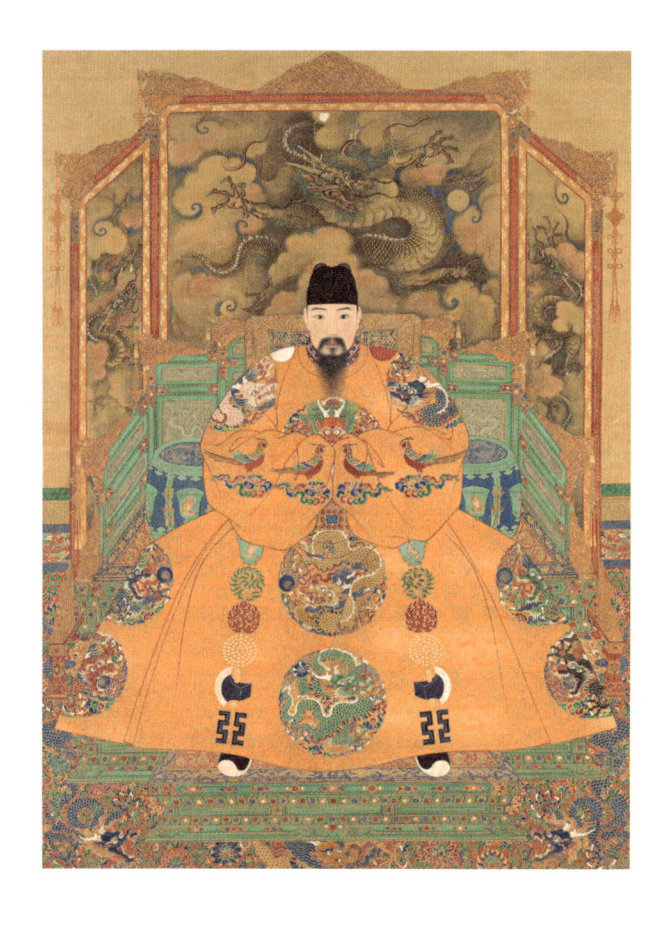

明孝宗弘治皇帝像

明孝宗朱祐樘（1470—1505年），年号"弘治"。为人宽厚仁慈，在位期间勤于政事，励精图治，躬行节俭，大开言路，努力扭转朝政腐败状况，史称"弘治中兴"。

有一种天生"抗体"。但孝宗皇帝最大的弱点，就是性格优柔寡断，许多事情爱折中或低调处理，如在后宫圈占土地等问题上就是如此，导致与民争利的弊端再生。

孝宗皇帝驾崩后，儿子武宗皇帝立即着手为父亲办理陵寝事宜，派礼部左侍郎李杰、钦天监监副倪谦和司礼监太监戴义堪舆陵地，并最终选定茂陵西侧一个叫施家台的地方。陵址选定后，在施工过程中却遇到了麻烦，还差点闹出人命。

原来，在开挖泰陵地宫的金井时，突然地下泉水奔流，吏部主事杨子器立即把此事上奏武宗皇帝。而正受武宗皇帝宠信的监工太监李兴，就联合当初堪舆陵址的大臣回奏说，杨子器"诽谤狂妄"，武宗皇帝不问青红皂白就把杨子器逮捕下狱了。这时，恰巧有一位新上任的叫邱泰的知县到京城办事，他听说这事后就斗胆上书说：

> 子器此奏甚有益，盖泰陵有水，通国皆云。使此时不言，万一梓宫葬后有言者，欲开则泄气，不开则抱恨终天。今视水有无，此疑可释。

武宗皇帝一听感到有道理，就派人从监牢里提出杨子器一同到泰陵查看。杨子器明白太监李兴那伙人肯定把泉眼堵了起来，到时没有泉水他必死无疑，所以他也就做好了死的准备。果然，当杨子器

泰陵石五供和宝城、明楼

历经几百年的风雨侵蚀和历史上的人为破坏，泰陵的损坏程度十分严重，泰陵明楼城墙凹凸不平，楼顶瓦片残缺。现已修复。

泰陵祾恩殿遗址

泰陵损毁严重，遗址的石条也已残缺，风化严重。

等人到泰陵后，先遭到李兴等人的毒打，然后查看自然是没有了泉水。于是，杨子器又重新被关进大牢。这事沸沸扬扬地传到皇宫后，太皇太后王氏听后就说："无水则已，何必罪人！"太皇太后一句话，使杨子器不仅免于一死，还官复原职。其实，按照风水理论来说，泰陵的位置确实不是什么风水宝地。记得谈迁在《国榷》中说：

泰陵临溪水，直流若干里，制又卑隘，识者知其地之不吉矣。

如今，泰陵可以说是十三陵中遭毁坏最严重的帝陵。

康陵

康陵是明朝第十位皇帝武宗朱厚照和皇后夏氏的合葬陵寝。生于弘治四年（1491年）的武宗皇帝朱厚照，是孝宗皇帝的长子，出生6个月后就被册立为皇太子，15岁即位当皇帝，16年后死在"豹房"中，谥号为"承天达道英肃睿哲昭德显功宏文思孝毅皇帝"。

武宗皇帝朱厚照是明朝最昏庸荒淫的皇帝之一，他短暂的一生几乎都是在声色犬马中度过的，而且始终和太监搅和在一起。对武宗皇帝贪玩好色秉性十分了解的父亲孝宗皇帝，临终托孤时对大学士刘健、谢迁和李东阳说："东宫（皇太子朱厚照）年幼好逸乐，卿等当教之读书，辅导成德。"但是，武宗皇帝并不听这些顾命大臣的意见，反而喜欢和在东宫时陪伴他玩的几名太监混在一起，其中为首的就是历史上赫赫有名的刘瑾。以刘瑾

明武宗正德皇帝

明武宗朱厚照（1491—1521年），明孝宗朱祐樘长子，年号"正德"。在位时喜好玩乐，且施政不循常制，致使朝纲混乱，但在朝政大事上不糊涂，能任用不少贤臣良才，大体保持了明朝基业的稳定。

为首的共有8名太监，他们整天想方设法让武宗皇帝玩得高兴，使其根本没有心思去处理什么朝政。如果有大臣进行规劝，武宗皇帝就好言敷衍，然后继续他的游乐活动。特别是，武宗皇帝为了满足自己的淫乐，竟在皇宫内建了"豹房"，其实就是仿照街市的一处宫苑，购置许多美女在其中假扮经营者，供武宗皇帝随便巡幸。

自从武宗皇帝迷恋上"豹房"后，不仅不想回宫，连上朝理政也不去了。正德十一年（1516年）的正旦令节时，文武百官和四方藩属进京恭贺，而武宗皇帝竟在"豹房"里醉酒大睡，一直让臣工们等到天色漆黑，好不容易待他上朝后，不一会儿就

康陵三座门和宝城

康陵的明楼和三座门一如泰陵，方城比较矮小。明楼由于毁于明末而在清朝重修时又缩小了建制，再加上历年的破坏，已破烂不堪。现已修复。

散朝了。文武官员饿了一整天，散朝后便争相往家中跑去。当时有人记述这事：

枵腹之众，奔趋赴家，前仆后踬，互相踩践。有将军赵郎者，竟死禁门，其他臣僚以下，失簪笏，毁冠裳，至相慰以得生为幸。而午门左右，吏觅其官，子呼其夫，仆求其主，喧如市衢，声彻庭陛。

比这更荒唐的，还有正德十四年（1519年）八月武宗皇帝借口平定叛乱，亲率大军南下后到处游玩淫乐，时间长达一年之久。而在回京路上，武宗皇帝竟然在清江浦（今江苏清江市附近）亲自驾驶小船捕鱼，不慎船翻落水，被救上岸后不久便在豹房一命呜呼了。

埋葬武宗皇帝的康陵，位于金岭（又名莲花山或八宝莲花山）东麓，也是在他驾崩后建造的。历时一年多建造竣工的康陵，形制与泰陵相同，没有什么特别之处，只是建成后多遭劫难。先是崇祯十七年（1644年）遭到闯王李自成农民起义军的火焚，后来又有民国时期战争的毁坏。再后来，由于土匪猖獗，竟把康陵从宝顶上面掘了一个盗洞，企图盗窃墓内珍宝。当时由于连降大雨，盗洞坍塌才使康陵幸免被盗。

永陵

永陵是明朝第十一位皇帝世宗朱厚熜和陈氏、方氏、杜氏3位皇后的合葬陵寝。正德二年（1507年）出生在兴王府的世宗皇帝朱厚熜，是武宗皇帝朱厚照的堂弟，兴王朱祐杬的儿子。由于武宗皇帝没有子嗣，朱厚熜于正德十六年（1521年）按着"兄终弟及"的祖训即皇帝位，在位45年，于嘉靖四十五年（1566年）驾崩在乾清宫，享年60岁，谥号为"钦天履道英毅圣神宣文广武洪仁大孝肃皇帝"。

明清皇陵传奇

世宗皇帝朱厚熜在位时间虽长，却谈不上有什么突出政绩。如果一定要总结的话，后人给他归纳了三条：一是喜怒无常，残酷严厉，内外结怨皆深。二是一意玄修，崇奉道教，无心理政。三是忠奸不分，政治腐败。后人还举例说明，如嘉靖二十一年（1542年）十月二十一日，以杨金英为首的16名宫女密谋害死世宗皇帝，当时他正夜宿曹端妃寝宫。当世宗皇帝睡熟后，一名宫女用布蒙住世宗皇帝的脸，另一名宫女把绳索系在他的脖子上，然后大家一拥而上，将世宗皇帝按住，用力拉住绳套，准备把世宗皇帝勒死。不料，宫女们误把绳套绾成了死扣，不论怎么拉，绳索都不能收紧，致使事情失败。由此可知世宗皇帝在宫中积怨太深。如嘉靖二年（1523年），世宗皇帝在太监崔

永陵陵门

永陵陵宫建筑基本仿长陵。前方院共有三进，第一进院落前设陵门，券门三洞，现保存完好。

文引诱下，竟然在乾清宫等处建醮祷祀，从此深陷其中不能自拔。后来，世宗皇帝一心修道，27年不上朝理政，凡事都由奸臣严嵩转奏把持，就连那些道士也一个个得到晋爵，成为世宗皇帝身边红人。如在追封父亲兴王朱祐杬为皇帝这件事上，世宗皇帝"据理力争"，最后动用廷杖使17人毙命，才结束所谓"大礼仪之争"。

不过，世宗皇帝没有像先祖那样在驾崩后再仓促建陵，而是在他登极后的第七个年头就派人勘选陵址。几经挑选，终于把十八道岭确定为自己的陵寝地，并赐名为"阳翠岭"。嘉靖十五年（1536年），世宗皇帝下诏正式建陵，取名为永陵。在营建过程中，世宗皇帝打算按照成祖朱棣的长陵规制进行营建，却又不好把话说明，就虚情假意地对大臣们说："陵寝之制，量仿长陵之规，必重加抑杀，绒衣瓦棺，朕所常念之。"大臣们明白世宗皇帝的心意，送给他御览的陵寝设计图比长陵规模略小，但却有特别之处。

主要是规模宏大。在古代，陵园规模的大小，取决于陵园殿庑、明楼及宝城规制。按照《大明会典》记载，永陵宝城直径为81丈，祾恩殿为重檐七间，左右配殿各九间，其规制仅次于长陵，而超过献、景、裕、茂、泰、康6陵规制。另外，永陵方城和宝城之外还有一道其他陵寝都没有的外罗城，外罗城之内左右分列各五间的神厨和神库，还仿照深宫永巷之制，建有东西长街。永陵也是三进院落，享殿七间，两庑配殿各九间，比长陵稍小，比其他各陵则要大。不过，建造如此恢宏的永陵却毁坏得比较严重，现在只留下一座完整的明楼。这座明楼可以由外面的石级登上，墙垛是用纯一色的花斑石砌成，其斗拱、飞檐、椽子、额枋等没有一件是木质的。明楼的中间贯以石柱，就连宝城垛口两侧通道也都是石砌的。从远处观望永陵的明楼，则显得洁莹如冰，十分耀眼。

与世宗皇帝同葬的陈氏、方氏和杜氏3位皇后，在此一一简介。孝洁肃皇后陈氏，是世宗皇帝的原配，元城（已与大名县合并）人，都督同知陈万言的

永陵棱恩殿遗址及方城明楼

　　永陵第三进院落前墙间建棱恩殿，重檐歇山顶，面阔七间，进深五间，现仅存遗址。院内建两柱牌楼门及石供案。前方院之后是方城明楼、宝城。

　　女儿。嘉靖七年（1528年）十月二日病故。世宗下令丧礼降等，谥"悼灵"，葬天寿山袄儿峪。嘉靖十五年（1536年），礼部尚书夏言上奏说：

　　先皇后正位中宫，母仪天下七岁，天崩谥悼，虽俸古法，而灵义有六，类非美称，请下翰林更谥。

　　于是，改谥为"孝洁皇后"。穆宗皇帝登极后，上尊谥"孝洁恭懿慈睿安庄相天翊圣肃皇后"，迁葬于永陵。

　　孝烈皇后方氏，世宗皇帝的第三位皇后，江宁人，左都督安平侯方锐的女儿。世宗皇帝即位10

年，尚未得子，大学士张孚敬上言：

古者天子立后，并建六宫、三夫人、九嫔、二十七世妇、八十一御妻，所以广嗣也。陛下春秋鼎盛，宜博求淑女，为子嗣计。

世宗皇帝遂于嘉靖十年（1531年）三月选方氏（即方皇后）、郑氏、王氏、阎氏、韦氏、沈氏、卢氏、沈氏、杜氏9人，册封为九嫔。方氏被册为嫔第三年，世宗皇帝的第二位皇后张氏被废，方氏因"端慎不怠，甚称帝意"，被册立为皇后。同时，世宗皇帝还册立僖嫔沈氏为宸妃，丽嫔阎氏为丽妃。嘉靖二十六年（1547年）十一月十八日，方氏薨逝，世宗皇帝因她在嘉靖二十一年"宫婢之变"中救过自己性命，遂下令将方氏以原配皇后的礼仪入葬永陵。

孝恪皇后杜氏，是穆宗皇帝的生母，北京大兴人，庆都伯杜林的女儿。嘉靖十年（1531年）被封为康嫔，十五

明世宗孝恪皇后像

孝恪皇后杜氏（？—1554年），明穆宗生母，大兴人，庆都伯杜林之女。明嘉靖十年（1531年）封康嫔，十五年（1536年）晋封为妃。三十三年（1554年）正月十一日去世，葬金山。穆宗即位追封为皇太后，迁葬永陵。

年（1536年）晋封为妃，三十三年（1554年）正月十一日薨，赐谥号为"荣淑"，被埋葬在京郊的金山脚下。穆宗皇帝即位，上尊谥号"孝恪渊纯慈懿恭顺赞天开圣皇太后"，并迁葬永陵。

庆陵

庆陵是明朝第十四位皇帝光宗朱常洛和皇后郭氏、王氏、刘氏的合葬陵寝。出生于万历十年（1582年）的光宗皇帝朱常洛，是神宗皇帝朱翊钧的长子，万历四十八年（1620年）即皇帝位，一个月后驾崩在乾清宫，享年39岁，谥号为"崇天契道英睿恭纯宪文景武渊仁懿孝贞皇帝"。

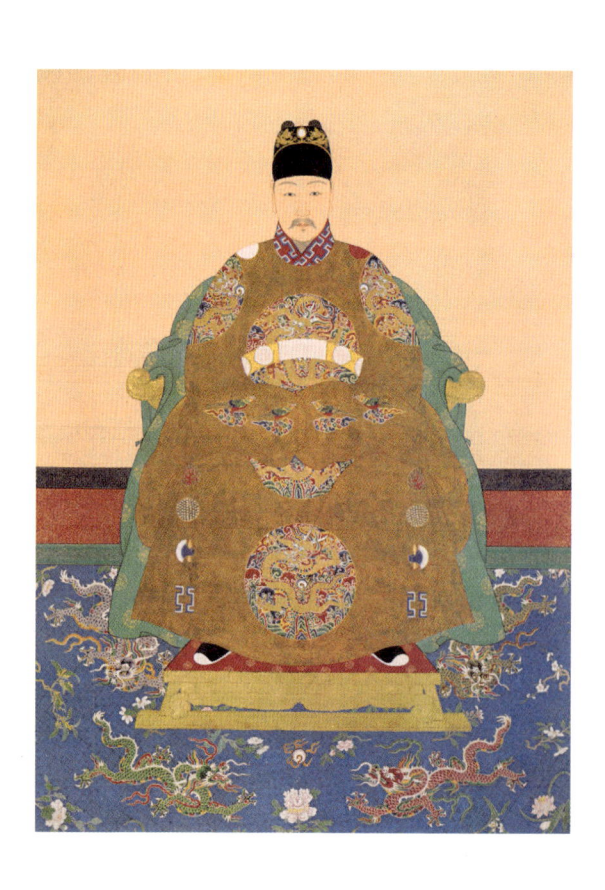

光宗皇帝朱常洛在位时间虽然很短，但在他身上发生的故事却流传很广。在光宗皇帝当太子时，由于害怕遭到郑贵妃的谋害，他经常称病不参加集体活动。不料，有一天傍晚，一位手持枣木棍的男子，

明光宗泰昌皇帝像

明光宗朱常洛（1582—1620年），明朝第十四位皇帝，年号"泰昌"。在位时任用贤臣，革除弊政，积极改革，拨乱反正，重振朝廷纲纪。但因其"惑于女宠"而"导以荒淫"。

居然接连打倒守卫朱常洛居住的慈庆宫门前侍卫数人,并一直闯到前殿檐下,才被内官抓住。后来,经过法司会审,终于弄清了案情缘由,原来是想让自己儿子当太子的郑贵妃派人干的。但是,此案由于神宗皇帝朱翊钧的干预,最后却不了了之。这就是《明史》中说的"梃击案"。

久经磨难终于当上皇帝的朱常洛,登极10天后突然身染重病,而御医崔文升给光宗皇帝看病时却故意让他服下含有大黄成分的凉药,致使光宗皇帝腹泻不止,病势更加沉重。接着,鸿胪寺丞李可灼进呈所谓的"仙丹"为光宗皇帝治病,开始时光宗皇帝还觉得"暖润舒畅,思进饮膳",可在当天夜间竟驾崩了。这就是《明史》中记载的"红丸案"。

与"红丸案"同时发生的还有"移宫案"。当时,在光宗皇帝宫中有两位李姓选侍,人称"东李"和"西李",西李最受光宗皇帝宠信。光宗临终前曾传谕西李为皇贵妃,而西李却要当皇后,并胁迫扣留了太子朱由校。由于太子朱由校被西李扣留在别的房间里,不能及时赶到光宗皇帝的病榻前,大臣们都万分焦急,不得已只好由大臣杨涟带人抢出了太子朱由校,才得以在光宗皇帝临终前受位。而西李却一直霸占着乾清宫,那历来是皇帝登基的"法定"宫殿,为此大臣又一次与西李发生了激烈冲突,后来西李迫于压力移居别处,才使熹宗朱由校登基当了皇帝。由以上的"三案",人们不难看出当时朝政的混乱。

由于光宗皇帝朱常洛在位时间短,又驾崩得太突然,所以根本没来得及建造陵寝,《芹城小志》中记载:

光宗贞皇帝陵曰庆陵,在裕陵西南,俗称为景泰洼是也。先是景泰中建为寿宫,英宗复辟,景皇帝葬西山之麓,陵基遂虚。光宗上宾既速,仓促不能择地,乃用此为陵。

也就是说,埋葬光宗皇帝的地方叫景泰洼,原先是为景泰皇帝朱祁钰准

庆陵三座门

庆陵第一进院落的祾恩门、祾恩殿及左右配殿均已损毁，仅剩遗址。祾恩殿后建有琉璃花门，即三座门，是庆陵二进院落的入口。

备的陵地，后来由于英宗皇帝复位，朱祁钰被废黜后，他的陵地也就废弃了，而光宗皇帝死得突然，不得已用那废弃陵地做了他的万年寿宫。其实，庆陵虽然用了景泰陵旧址，但在营建过程中同样花费无数，据文献记载，仅地面建筑就用银达70万两之巨。历时6年才建造竣工的庆陵，基本上是仿照献陵建制，特别是它的排水系统。其他陵寝都是设置明沟排水方式，把明楼的水从陵前绕道排出，而光宗皇帝的庆陵则在明楼前修建平面为"T"形的地下排水涵洞，涵洞修建得十分考究，全用大块条石起券，券顶高达3米，券宽也有3.5米，而总长竟有200余米。宝城两侧的水流从左右宫墙下的地下涵洞流入，在明楼前的地下汇为一流向前排出，从地下躲过环抱于前的龙砂，然后注入砂前的排水明沟，经祾恩殿后的3座石桥，再从前院的右侧绕过陵前而注入河漕。这种设计精妙的排水系统，顺应了风水理论中"水绕山缠"和"龙砂不可损伤"的要求，也使庆陵的外围景观更加幽美。

同葬在庆陵中的皇后有郭氏、王氏和刘氏，查阅她们的简历大致如下：孝元贞皇后郭氏，顺天府人，博平伯郭维城之女，万历二十九年（1601年）册立为皇太子妃，四十一年（1613年）十二月二十四日去世，谥号为"恭靖端毅温惠皇太子妃"。在宫中停尸两年后一直没有选择墓地，直到万历四十三年（1615年）六月才命司礼监官梁栋与工部官员在天寿山泰陵后面的长岭前建陵入葬。等到熹

庆陵神桥
庆陵三座门后为三座单孔石桥，即神桥。

宗皇帝即位时，又上尊谥号为："孝元昭懿哲惠庄仁合天弼圣贞皇后"，并迁葬于庆陵。

孝和皇后王氏，是熹宗皇帝的生母，也是顺天府人，新城伯王钺女，原为光宗皇帝在东宫时选侍，因为生育了熹宗皇帝，于万历三十二年（1604年）三月被封为才人。王氏虽然生育了熹宗皇帝，但很受宫人歧视，熹宗即位当皇帝时曾有"选侍（西李）凌殴圣母，因致崩逝"的诏旨，由此足见其母亲王氏生前的凄苦境地。万历四十七年（1619年）三月二十三日王氏薨逝后，谥号为"昭肃恭和章懿才人"，第二年神宗皇帝才降旨内阁，提出祔葬在郭妃墓园一侧的意见。后来，经过工部官员实地察看，认为郭妃墓园规制狭小不能入葬。于是，

庆陵棂星门、石五供和宝城明楼

庆陵第二进院落内建棂星门、石五供，之后是圆形的宝城，宝城入口处建方城，方城之上为明楼。

直到熹宗皇帝即位后，才与光宗皇帝一同葬入庆陵地宫中。

孝纯皇后刘氏，是崇祯皇帝的生母，宛平人，瀛国公刘应元的女儿。刘氏入东宫时，初为淑女，在万历三十八年（1610年）十二月生下崇祯皇帝，后失宠于皇太子朱常洛而被打入冷宫，不久病死。皇太子朱常洛害怕被神宗皇帝知道，就命人秘密地把她埋葬在京西的金山。等到光宗皇帝即位后，出于良心的谴责才追封刘氏为贤妃。到其儿子崇祯皇帝即位后，为其母亲上尊谥号为"孝纯恭懿淑穆庄静毗天毓圣皇太后"，并迁葬于庆陵。

德陵

德陵是明朝第十五位皇帝熹宗朱由校和皇后张氏的合葬陵寝。万历三十三年（1605年）出生的熹宗皇帝朱由校，是光宗皇帝的长子，万历四十八年（1620年）即皇帝位，在位7年，年仅23岁就驾崩了，谥号为"达天阐道敦孝笃友章文襄武靖穆庄勤悊皇帝"。

研究明史的人都认为，亡国之君应该是熹宗皇帝朱由校，而不该把那个恶名留给他的弟弟崇祯皇帝朱由检，因为崇祯皇帝励志图强，不像熹宗皇帝那样昏聩，但历史没有按照人们的设想去发展。那么，熹宗皇帝到底昏聩到了何种程度呢？据史料记载，熹宗皇帝"性至巧，多艺能，尤喜营造"，就是说朱由校聪明灵巧，多才多艺，但都是一些歪才，对政事几乎从不过问。他整天琢磨自己制作用具，特别是木工的一套活计他最得心应手，干得兴起就不顾及什么皇帝的尊严和体面，甚至光着膀子坐在地上干。不过，熹宗皇帝的手艺倒不错，他制作的"木傀儡戏"，那些木偶在人的操纵下能够表演许多节目；他制作的喷水机关，能让水势逆飞，如同瀑布直上直下，而凭着水势托起的镀金木球能够旋转不落，实在是巧妙至极。

不务正业的熹宗皇帝，每天琢磨怎么玩新奇，至于朝政全部由太监魏忠贤

明熹宗天启皇帝像

　　明熹宗朱由校（1605—1627年），明光宗朱常洛长子，明思宗朱由检异母兄，年号"天启"。在位时国内各种社会矛盾激化，各地的兵变也不断发生，是明末农民起义的前夜。来自辽东的后金对明朝的威胁也日趋严重。

把持。而后宫之中有一位客氏，虽是熹宗皇帝的乳母，却十分骄横跋扈，而熹宗皇帝却也处处宠着她。于是，这位客氏与魏忠贤狼狈为奸，二人在宫内外横行霸道，对反对他们的大臣则罗织罪名，残酷迫害，甚至对熹宗皇帝的后妃们，客氏也敢不择手段地加以陷害。而熹宗皇帝却连自己后妃的生死都不闻不问，如果有人提起，他则茫然不知是怎么回事。昏聩到如此地步的熹宗皇帝，却始终把客、魏二人当作心腹看待，恩宠备至。昏聩、贪玩、无知的熹宗皇帝终于死在了"玩"上。那是天启五年（1625年），熹宗皇帝到地坛祭祀后没有回到皇宫，而是直接到西苑去游玩，在桥北深水处划船时突然一阵大风把他刮进水中。被救后的熹宗皇帝因为遭此惊吓，从此染病在身，身体每况愈下，两年后竟驾崩了。

传说熹宗皇帝是被客氏和魏忠贤二人害死的，而熹宗皇帝在临死前却说二人"忠贞，可计大事"。这至今还是一个不解之谜。

熹宗皇帝驾崩后，他的弟弟朱由检即位当了皇帝，于是德陵的营建任务就交给了他。不过，由于当时朝政腐败，国库空虚，就连为熹宗皇帝修建陵墓也显得捉襟见肘，不得已只好向各地进行摊派，并让朝中官员们捐款。好不容易凑够德陵工程开工的钱，各种用料又显得不够，最后只好用一些旧的石料和木料凑合。实在没有办法，有人就建议拆

德陵五孔桥

德陵五孔桥位于德陵神道功德碑前200米左右，五孔连跨石拱券，横跨在一条30多米宽的山沟上，为顺畅泄洪而建造宏大。

德陵全景

德陵是明代营建的最后一座帝陵。清乾隆年间曾重新修葺，民国时期陵门被当地农民焚毁，祾恩殿也在战乱中毁坏，明楼、宝城及其他附属建筑残坏较为严重。2002—2005年，政府修缮了宝城、明楼、祾恩门等。

毁魏忠贤的祠堂，而崇祯皇帝厌恶魏忠贤的恶名，就没有使用他祠堂的石料修建德陵。在修建德陵的艰难过程中，由于工匠们嫌工钱低、劳作苦，在要求增加工钱不得的情况下，竟然还出现过工人罢工的现象。

历时5年勉强修建完工的德陵，总体布局仿照昭陵，但宝城内的琉璃照壁和牌楼门前的三座门却是仿照庆陵建造的。照壁的壁身和门楼的门垛，不仅有华丽的琉璃岔角，中间还有雕饰精美的琉璃盒子。盒子图案取材于各种名贵花卉，花黄叶绿，衬以朱红色的墙面，显得光彩照人，十分醒目。德陵还有特别之处，就是明楼内圣号碑碑趺的图案，一

般陵寝圣号碑碑趺图案以云龙为主，而德陵则上枋雕二龙戏珠，下枋雕饰佛、道两家的吉祥宝物，如在下枋的前面和左右两侧面雕刻的是道教"八宝"图案，有三套环、宝珠、画、犀角、珊瑚、方胜、祥云等，背面雕刻的是佛教"八吉祥"图案，有法螺、法轮、宝伞、白盖、莲花、宝瓶、金鱼、盘长等8种法物。据北京雍和宫《法物说明册》中记载，8种法物均表示一定的含义，如法螺表示具菩萨意，妙音吉祥；法轮表示大法圆转，万劫不息；宝伞表示张弛自如，曲复众生；白盖表示遍复三千，净一切药；莲花表示出五浊世，无所染着；宝瓶表示福智圆满，具完无漏；金鱼表示坚固活泼，解脱坏劫；盘长表示回环贯彻，一切通明。

不过，无论是佛还是道，都没能保佑德陵免遭战火的毁坏。

思陵

思陵是明朝最后一位皇帝朱由检和皇后周氏、皇贵妃田氏的合葬墓。万历三十八年（1610年）出生的崇祯皇帝朱由检，是光宗皇帝的第五个儿子，于天启七年（1627年）由信王而即皇帝位，17年后因为闯王李自成攻进北京被迫自缢身亡，后来南明小朝廷追尊谥号为"庄烈愍皇帝"。

崇祯皇帝即位之初，面对熹宗皇帝留下的政治腐败、经济凋敝、内外矛盾重重的局面，革弊兴利，惩治腐败，剪除以魏忠贤为首的阉党。同时，他还彻底调整内阁班底，一些依附魏忠贤的党羽被罢黜或驱逐出政府的重要机构，并为遭受阉党陷害的官员进行昭雪平反，使一些贤良人士重新回到国家的核心岗位，故一度缓解了崇祯初期的社会矛盾。不过，崇祯皇帝毕竟不具备其先祖朱棣那样的雄才大略，根本不可能扶大厦于将倾，何况时代前进的车轮也不是他崇祯皇帝一个人所能阻挡的。所以，崇祯皇帝在煤山（今北京景山）准备自杀时，撕下一块衣襟用血在上面写道：

崇祯皇帝自缢处

崇祯皇帝（1610—1644年）自缢于景山东坡山石之上的一棵歪脖子古槐树下（原古槐"文革"时伐除，1996年新移植）。其侍臣司礼监秉笔太监王承恩也自缢在对面的海棠树下。

朕凉德藐躬，上干天咎，然皆诸臣误朕。朕死无面目见祖宗，自去冠冕，以发覆面。任贼分裂，无伤百姓一人。

对此，许多史学家也比较赞同崇祯皇帝的说法，认为崇祯皇帝的亡国是"有君无臣，祸贻邦国"所致。即便如此，也并不能说崇祯皇帝就是一个功德昭著的明君，因为他不辨忠奸杀害边关大将袁崇焕，才最终或最起码加快了明王朝的灭亡。这不能不说是崇祯皇帝昏聩的一面，他在许多小事上显得很精明，但面对一些大事却有时很糊涂，听信太监误报而中清军反间计杀害袁崇焕就是最明显的例证。另外，崇祯皇帝面对腐败疲顽的政局，表现出操之过急、多猜疑、重诛杀的秉性，终于导致众叛亲离、江山崩溃。

由于崇祯皇帝生前也没有修建陵墓，所以他自杀后被闯王李自成起义军埋葬在他的贵妃田氏墓中，与崇祯皇帝合葬的还有皇后周氏，并取名为思陵。为了笼络汉人，清王朝的统治者曾经对思陵进行修缮，还建造了一些地面建筑。民国时期思陵不仅遭受了军阀混战的毁坏，还遭受了日本侵略者的践踏，致使思陵残毁得十分严重。后来，当地土匪

明思陵

明思陵约建于1642年，本是崇祯帝宠妃田贵妃陵寝，明亡后李自成命人将崇祯帝及皇后周氏合葬于田贵妃之墓，并改名思陵。

两次掘开思陵地宫进行盗窃，使地宫和崇祯皇帝棺椁中的诸多珍宝被盗掘一空，就连地面建筑也被国民党军队拆毁修筑了炮楼。面对满目疮痍的思陵地面建筑，中华人民共和国成立后，对其先采取保护措施，再进行部分修缮。如今，思陵虽然没有金碧辉煌的殿宇楼台，但古陵残碑，松涛阵阵，倒也别有一番意境。

关于十三陵中还没有开放的这10处帝陵，单凭这点文字实在不足以表述它的恢宏、静美和深邃，当然也有荒凉、残败和痛心。既然如此，不妨亲自到那充满古代气息的地界怀古幽思一番，也许会有另一种发现呢。

◎ 一种值得纪念的"悲哀"

在大明王朝276年的历史当中，景泰皇帝朱祁钰只是整个朝代的一个过渡，虽然他在执政的8年里进行了一系列改革，也改变了一个朝代的命运，但他后来却被阴谋陷害致死，且没能按照皇帝待遇入葬十三陵。这不能不说是一种悲哀，但人们也许应该记住这种悲哀，因为它毕竟有值得纪念的地方。

明宣宗宣德皇帝的次子朱祁钰，是明英宗朱祁镇的异母兄弟，生于明宣德三年（1428年）八月初三日，比英宗皇帝小一岁，在英宗即位后他被封为郕王。郕王朱祁钰没想到自己会当上皇帝，他只是一心辅佐哥哥处理朝政，或者只想管好属于自己的那摊事。不料，机遇在正统十四年（1449年）八月到来了。英宗皇帝朱祁镇因为听信太监王振的怂恿，轻率地统兵50万进行御驾亲征，越过长城迎战瓦剌首领也先的蒙古军队，却在土木堡遭到剽悍的蒙古骑兵的包围袭击，酿成了历史上荒唐的"土木之变"，英宗皇帝朱祁镇在土木堡被活捉，当了敌人的俘虏。当时，郕王朱祁钰奉命留守京师，消息传来，举国上下一片哗然。为了应付这一突如其来的重大变故和严峻的国内形势，皇太后孙氏下诏命令郕王朱祁钰"监国",也就是管理一切朝政,处理所有的国家大事。但是,由于朱祁钰毕竟只是一个"监国",而不是真正的皇帝,所以他虽然采取了一系列应急措施,可一些朝臣并不积极进行贯彻实施,同时广大老百姓也表现出惶恐不安的状态。于是,为了稳定局势,便于抵御瓦剌军队的进攻,在兵部侍郎于谦等大臣的提议和皇太后的允准下,郕王朱祁钰登基当了皇帝,这就是明朝历史上的代宗景泰皇帝。

景泰皇帝朱祁钰登基之后,面对蒙古军队的强大威胁,首先在军事上采取了一系列应急措施。如升兵部侍郎于谦为兵部尚书,派遣得力将官分别镇守宣府、居庸关和紫荆关等边关要隘,组织人员前往通州把官仓储粮全部运往京师等。这些措施的实施,不仅有力地抗击了瓦剌首领也先军队的袭击,也大大巩固了朱祁钰继位之初的朝政,避免了当年宋朝偏安江南一隅悲剧的发生。景泰皇帝在位期间,施行清政、仁政和廉政,对朝政进行一系列重大改革,还大肆惩处贪官污吏,任用一大批有才能的人参与朝政。如正统年

于谦像

于谦(1398—1457年),字廷益,号节庵,今杭州市上城区人。明代军事家、政治家、民族英雄。"土木之变"后拥立朱祁钰登基,督军保卫北京并取得胜利。明英宗复位后,于谦含冤遇害。

间的侍讲学士徐珵，虽然"凡天官、地理、兵法、水利、阴阳、方术之书，无不谙究"，但他却急功近利，对权力有一种狂热追求，且带有浓厚的江湖迷信色彩。不过，这个徐珵精通水利，于是在于谦举荐下被景泰皇帝任命为左佥都御史，专门派去治理黄河水患问题。徐珵到任进行一番实地考察后，果断提出置水门、开支河和浚运河3项措施，很快使常年闹水灾的黄河变得驯服起来，可谓成效明显，受到朝中官员和民间百姓的赞誉。

正是因为景泰皇帝在执政期间近贤臣，远奸吏，故出现了政治清明、社会稳定、人民安宁的大好局面，是大明王朝难得的清明时期。不过，由于他在对待迎接英宗回归和处理皇太子的问题上，表现出过于自私的行为，从而给当朝留下祸患，也给后世增添了谈资。记得乾隆皇帝在《题明景帝陵》一诗及按语中有这样的内容：

迁都和议斥纷陈，一意于谦任智臣。
挟重虽云祛恫喝，示轻终是薄君亲。
侄随见废子随弃，弟失其恭兄失仁。
宗社未亡真是幸，邱明夸语岂为淳。

按：景帝任于谦，排群议而力战守，不可谓无功于宗社。独是英宗还国，僻处南宫，事同禁锢。而废后易储，有贪心焉。天道好还，子亦随死，终于杀礼西山，实所自取耳。然英宗岂得辞寡恩尺布之讥哉！至于于谦社稷为重之言，盖出于吕饴甥丧君有君及公孙申为将改立晋必归君之意，后世迂儒无不以是为题。夫君，犹亲也。亲为人执，为子者不被发缨冠而往救之，以示不急，其可乎？！则意欲之狱，亦有由来。或犹以为非英宗意，是真不识事体者之言耳！然则当时宜从和议乎？曰：不共之仇，安得与和！缮甲治兵以从其后，如岳飞之力战迎二帝，天下其谁非之。

乾隆己丑季夏月……

乾隆皇帝的这首诗及按语，说的就是景泰皇帝对迎归英宗不积极和废立太子的事，并加上了自己的一番评论。抛开乾隆皇帝的评论不说，关于迎归英宗的事曾在这套丛书的长城卷中有详述，在此不多赘言，只就景泰皇帝废立太子的来龙去脉简述如下。朱祁钰当了皇帝后，一边组织军民抗击瓦剌军队的攻击，一边考虑"父有天下必传于子"的大事，但是那时英宗的儿子朱见浚已被册立为皇太子。为此，景泰皇帝便琢磨更换太子，还找一些大臣和太监商议这件事（明朝时太监受到宠幸，且拥有很大权力），不料却遭到大臣和太监们的一致反对，就连自己的皇后汪氏也不同意更换太子。这让景泰皇帝很是烦恼。在囚禁一些太监和废黜皇后汪氏后，

乾隆御制诗碑

景泰陵碑亭内的乾隆御制碑，最初是明景泰帝的圣号碑，碑额篆书"大明"，碑身楷书"恭仁康定景皇帝之陵"，碑阴无字。乾隆三十四年（1769年）在碑阴刻《题明景帝陵》，从此被称为乾隆御制碑了。碑的阴、阳两面也被颠倒过来了。

景泰陵御碑亭

　　景泰陵碑亭原来存放景泰皇帝圣号碑，现在的御碑亭建于清乾隆三十四年（1769年），重檐歇山顶，黄琉璃瓦屋面，檐下施以重昂五踩斗拱，四面开门。

　　景泰皇帝听取王诚和舒良两个司礼监太监的建议，采取笼络、收买内阁学士和九卿大员的办法，从而争取他们的支持。果然，当广西一位犯罪官员提议"永固国本事"时，景泰皇帝就让朝臣们再次商议更换太子。这时已经接受景泰皇帝"贿赂"的大臣们便表示拥护，而那些原先持有不同意见的人慑于皇威也违心地赞同了。于是，景泰皇帝立即将侄儿皇太子朱见浚改封为沂王，立自己唯一的儿子朱见济为太子，终于满足了自己更换太子的心愿。不料，这不争气的儿子朱见济当太子一年后却夭折了。于是，原先违心更换太子的大臣们便请求景泰皇帝重新册立朱见浚为太子，而私欲过重的景泰皇帝却一意孤行，不仅不采纳大臣们的建议，反而对

劝谏大臣施以廷杖酷刑，致使一些人被当场杖杀。

景泰皇帝由于暴戾，在景泰八年（1457年）春节期间生病时，竟被那位治理黄河的左副都御使徐有贞联络武清侯石亨和太监曹吉祥等人发动"夺门之变"，拥立被软禁的英宗重新当了皇帝，传说景泰皇帝于20天后被太监蒋安用锦帛勒死了。

英宗皇帝重新即位后，立即剥夺了景泰皇帝的皇帝资格，按照王公礼仪把他埋葬在金山脚下的陵寝中。景泰皇帝的金山葬所，虽然风水也具备吉壤格局，但英宗并没有为他的葬地修建多少地面建筑，整个陵寝格局显得十分简约。后来，明宪宗即位想起叔父朱祁钰"当多难之秋，俯徇群臣之请，临朝践阼，奋武扬兵，却房势于方张，致銮舆之遄

景泰陵祾恩门

景泰陵祾恩门位于御碑亭的北侧，面阔三间，单檐硬山顶，灰筒瓦屋面。此为光绪年间慈禧太后出内帑银重修的遗存。

复，奠安宗社，辑宁邦家"，不仅恢复了景泰皇帝的称号，还对金山陵寝进行了修饰，在修建的碑亭中亲自书写了"恭仁康定景皇帝之陵"几个大字。不过，金山陵寝虽被称为皇帝陵，却没有建造宝城和明楼，再加上它本来就地处偏僻、规制较小，根本就没有达到帝王陵寝的规格和标准。嘉靖十五年（1536年），嘉靖皇帝拜谒景泰陵时，见景泰陵确实有点寒酸，就让人对景泰陵进行改造，还下令把景泰陵地面建筑的绿瓦全部更换为黄瓦。但是，就景泰陵总体而言还是逊色于十三陵中所有帝陵中的任何一座。

不过，埋葬在金山脚下的景泰陵还是幸运的，因为它没有遭到战争和大规模的人为毁坏，只是被看守陵寝的士卒们拆了些地面建筑去换钱维持生计，其他建筑基本上保存完好。到了清代，景泰陵还得到了当朝统治者的修缮和有效保护。幸运来自景泰皇帝生前建立了一定功德，而他的不幸也是因为他生前做了一些不得人心的事。这是否正应了那句"祸兮福所倚，福兮祸所伏"的哲言呢？大概不谬。

孝陵卫的传奇

因为朱元璋是一个传奇式的人物，所以埋葬他的孝陵也就充满了传奇色彩。

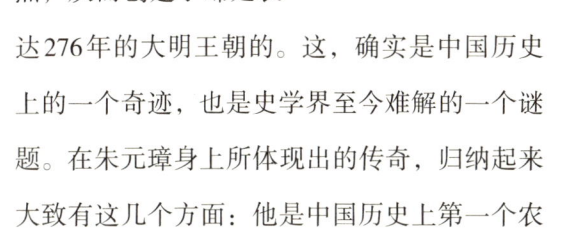

关于孝陵的选址、建造、规制、特点、现状，以及是不是疑冢等神秘话题，留待后说。在这里，首先还是来看一看朱元璋这个底层贫苦农民何以能够在短短16年时间里，就推翻剽悍的蒙古人建立的元朝，并一一歼灭当时割据一方的诸多英雄豪杰，从而创建了绵延长达276年的大明王朝的。这，确实是中国历史上的一个奇迹，也是史学界至今难解的一个谜题。在朱元璋身上所体现出的传奇，归纳起来大致有这几个方面：他是中国历史上第一个农

明太祖洪武皇帝像

明太祖朱元璋（1328—1398年），字国瑞，原名朱重八、朱兴宗。濠州（今安徽明光）人。明朝开国皇帝，年号"洪武"。

民出身的皇帝，一个底层贫苦农民却赢得天下诸多英雄智士的归附和拥戴，在短短16年时间里竟荡平天下创建新的王朝，不经名师传授却对战争能做到运筹帷幄决胜千里，没有什么文化却治国有方驭臣有术……所有这些，如果想在这里叙述清楚不仅是不可能的事情，也不符合本章内容的设置要求。如此，只好就朱元璋在指导北伐战争和治理国家方面的雄才大略记述点滴，也许能够帮助读者了解他传奇人生中的某一个侧面。

元文宗天历元年（1328年）九月十八日，朱元璋出生在濠州钟离东乡（今安徽明光赵府村）一座破旧的二郎庙里。最初，朱元璋的名字按照辈分排叫作朱重八，学名朱兴宗，似乎寄托着父辈们的某种希望。后来，朱重八在幼年同伴汤和的建议下，投奔郭子兴领导的红巾起义军队伍，由于作战机智勇敢，受到郭子兴的偏爱和器重，而改名为朱元璋，字国瑞，并娶了郭子兴养女马氏为妻，也就是历史上颇有贤名的马皇后。朱元璋在参加起义军之前，童年时代过得很凄苦，后来迫于生计出家当了和尚，并有过一段云游化缘的经历。这些丰富的社会阅历，对他今后行军打仗和指挥军队作战等都起到了积极的作用。

有主见的朱元璋，在起义军队伍中虽颇有战功，也深得将士们拥戴，但他察觉到郭子兴与其他几位节制元帅之间经常闹摩擦，并大有火并之势，就决定避开是非之地，请求回乡招募兵勇。在老家安徽凤阳府，朱元璋招募了700余人马，并率领这支军队攻城略地，取得了一系列的胜利。由于朱元璋治军严明，队伍不断壮大，许多名流智士和勇猛英雄纷纷投奔他，使他领导的部队成为起义军中一支不可忽视的重要力量。等到元至正十五年（1355年）三月郭子兴病故后，朱元璋渐渐就成了红巾军这支起义部队名副其实的主帅。朱元璋在战略上取得重大胜利时，却没有像一些草莽英雄那样急着去称王称霸，而是采纳徽州名儒朱升"高筑墙，广积粮，缓称王"的建议，积极在根据地集庆等地发展生产，积蓄力量，同时也开始不断向四面扩展，并先后歼灭汉王陈友谅、吴王张士诚和占据浙江沿海的方国珍，以及盘踞在福建一带的元朝平章陈友定。在占有两湖、江西、皖南、淮河下游、江苏东部、浙江北部等半个中国后，朱元璋便开始考虑北伐中原、统一全国的大业了。

在派兵北伐中原之前，朱元璋召集将领召开作战会议，分析当前的全国形势。经过多年的征战，元朝统治已经出现土崩瓦解之势，除了元朝梁王占据的云南孤立自守外，在其统治中心地带的北方，扩廓帖木儿与李思齐等军阀正在进行着内部混战，而其他地方基本上被群雄占据。面对这样的有利形势，朱元璋对手下大将徐达和常遇春说："元之将亡，其机在此。今欲命诸公北伐，计将如何？"常遇春说："今南方已定，兵力有余，直捣元都，以我非常战之师，敌彼久逸之卒，可挺竿而胜也。都城既克，乘胜长驱，余皆建瓴而下矣。"而朱元璋却没有采纳常遇春的建议，他要稳扎稳打，稳操胜券。于是，朱元璋有了这样一个精辟的战略部署，他说："先取山东，撤其屏障；旋师河南，断其羽翼；拔潼关而守之，据

孝慈高皇后

孝慈高皇后马氏（1332—1382年），南直隶凤阳府宿州（今安徽宿州）人，滁阳王郭子兴的养女，明太祖朱元璋的结发妻子。永乐元年（1403年）上尊谥号"孝慈昭宪至仁文德承天顺圣高皇后"。

其户槛。天下形势，入我掌握。然后进兵元都，则彼势孤援绝，不战可克。既克其都，鼓行而西，云中、九原以及关、陇，可席卷而下。"

通过这一高屋建瓴的战略部署，不难看出朱元璋的高瞻远瞩和雄才大略。

朱元璋根据这一战略部署，派遣徐达为征虏大将军、常遇春为副将军，统率25万大军进行声势浩大的北伐战争。当然，与北伐战争同时展开的，还有汤和率领的南征大军，主要负责福建等方面的战事。两路大军势如破竹，仅用了半年多时间就基本上达到了当初制定的战略目标。在这期间，朱元璋在中书右丞相李善长等百官奏请下，于洪武元年（1368年）在应天府奉天殿登上了皇帝的宝座，建国号大明。

大明王朝的建立，大大鼓舞了北伐南征将士的士气，也在全国范围内具有极其重大的政治影响。朱元璋称帝后，继续完成王朝的统一大业，先后平

常遇春像

常遇春（1330—1369年），字伯仁，号燕衡，南直隶凤阳府怀远县（今安徽省蚌埠市怀远县）人。元末红巾军杰出将领，明朝开国名将。洪武二年（1369年）北伐中原，暴卒军中。追封开平王，谥号忠武，配享太庙。

定了两广、四川、云南、辽东等地，元顺帝也被驱赶到了元上都（今内蒙古多伦地区），元大都（今北京）成了朱元璋四儿子燕王朱棣的封地。

为了使大明王朝长治久安，朱元璋善于总结历史上各朝代的成败经验教训，形成了一套行之有效的治国方略。如在国家机构设置上，朱元璋根据中书省长官丞相权力过于集中、显赫，容易对皇权构成威胁的现状，果断废除了中书省制度，罢设丞相这一职位，从而赋予吏、户、礼、兵、刑、工六部和其长官以较大的行政权力与政治地位，而六部又直接由皇帝所掌握，并在地方实行三司分治的方式，把国家最高权力牢牢地控制在自己手中。

三司分治，也就是在地方的机构设置上废除行中书省后，以承宣布政使司掌管一省的民政和财政，用提刑按察使司负责一省的刑名按劾等事务，而都指挥使司则掌握一方军队的统兵大权。如此，这三司虽然互相没有隶属关系，但又相互有牵制关联，从而有效地防止了因地方权力过重而形成割据势力。所有这些措施的采

徐达像

徐达（1332—1385年），字天德，濠州钟离（今安徽省凤阳县东北）人，元末明初名将，明朝开国元勋。与副将常遇春一同挥师北伐，洪武元年（1368年）攻入大都，推翻元朝的统治。去世后被追封为中山王，谥号"武宁"，配享太庙。

取，都是为了把权力集中到皇帝专制掌握之中。在军队编制和建设方面，朱元璋采纳刘基建议，创立卫所制，即每卫由5000户所组成，统兵共约5600人。各卫的长官为卫指挥使，其上司为都指挥使，以都指挥使为长官的各都指挥使司则分隶于朝廷的前、中、后、左、右五军都督府，而五军都督府虽为军籍和军政管理机构，却没有调动军队的权力。如遇战事，就由兵部奉旨颁发调兵令，而军事统帅则由皇帝直接任命。这样，虽然有兵将之间缺乏了解和不利于战役统一指挥的弊端，但军队却牢牢地掌握在皇帝的手中，有效地防止了将帅拥兵叛变情况的发生。

正是因为朱元璋采取了如此高妙的治国统军方略，才使大明王朝在建立之初就打下了坚实的政治军事基础，为其绵延近300年的家族统治树立了榜样。不过，大明王朝的后世子孙却鲜少能效仿朱元璋的，如果没有其四子朱棣"靖难"夺位和迁都北京的英明决策，恐怕其衰亡的时间要提前许多年了。当然，那只是一种

刘基像

刘基（1311—1375年），字伯温，浙江青田南田乡（今属浙江文成县）人。元末明初政治家、文学家、军事家，明朝开国元勋。朱元璋称帝后任御史中丞兼太史令，参与制定历法、奏立军卫法。后封诚意伯。

假设，历史毕竟不容假设，朱元璋也同样不是后人所能"假设"的，就像他和皇后马氏葬在江苏省南京市紫金山南面独龙阜玩珠峰下的史实一样，岂是一些传说就能够混淆和篡改了的？

关于朱元璋在南京紫金山埋葬地是疑冢的说法，始于明末清初民间的一些传闻，后来经过文人作品渲染和流传，竟也蛊惑了许多史学家参与其中，他们一致认为朱元璋并未葬入孝陵，其真正的葬地是在南京的朝天宫或燕京（今北京）的万岁山。这些说法尽管并非史实，但在当时却得到非常广泛的流传，就像三国时曹操设置72疑冢一样深入人心。不过，曹操72疑冢是不是史实姑且不论，而朱元璋葬在南京紫金山的史实却是不应该存有争议的。对此，清代学者甘熙在其《白下琐言》中曾剖析说：

朝天宫，宋为天庆观，元为元妙观，又改永寿宫，明初赐今额。明时百僚朝贺，习仪于此。世传三清殿下为太祖真葬。国朝赵秋谷执信。又谓葬于燕京之万岁山，作长歌以纪，有"马后悲孤处"之语。然崩葬孝陵，见诸正史。以当时情事而论，相度地势，起造山陵，动帑数百万，经历十数年，岂第为马后而计？且建文仁孝，又安忍以太祖遗骸置诸渺不可知之域？群臣岂绝无目击其事者？万岁山在燕京。其时方以会葬不从，兴师靖难，焉有奉移梓宫，不远数千里而往之事？赵说更不足信。或又云：太祖遗命。然身起田间，得统自正。纵猜忌与汉高等，而究非曹瞒奸窃之流，亦何庸效其伎俩为哉！千古之疑可以决矣！

甘熙把朱元璋疑冢之说仅当作一种带有猜测性的传说，是值得肯定的。不过，他在文中对曹操的贬抑之词却不值得效仿。这是题外话。

与朱元璋孝陵是疑冢之说所不同的是，疑冢是一种传说，而关于朱元璋孝陵修建的时间问题，在当时和后世却没有统一的认识，其原因自然是文献上没

明孝陵"治隆唐宋"碑

"治隆唐宋"碑是康熙皇帝1699年第三次下江南拜谒明孝陵时御笔书写的,并由当时的江宁织造郎中曹寅立碑,至今仍矗立在明孝陵碑殿内。

有确切的文字记载。那么,朱元璋的孝陵到底修建于何时呢?

朱元璋在位共计31年,于洪武三十一年(1398年)闰五月十日驾崩,15天后入葬孝陵。在朱元璋入葬孝陵之前,他的皇后马氏已于16年前就埋葬在了孝陵地宫里,所以孝陵的修建时间应该在洪武十四或十五年(1381年或1382年),不可能更早。当然,这个时间也只是推测,其根据则是南京蒋山寺的迁移时间,因为孝陵是在蒋山寺旧基上建造起来的,而蒋山寺迁移的时间问题,在《明太祖实录》卷一三九中有这样一段记载:

洪武十四年九月……改建蒋山太平兴国禅寺为灵谷寺。初,太平兴国禅寺在宝珠峰之阳,梁僧宝公塔在焉。至是住持僧仲羲奏请迁之,遂诏改建于京城东独龙冈之左。既成，赐额曰"灵谷寺"。榜其外门曰"第一禅林"。

迁移蒋山寺就是为了建造朱元璋的孝陵，既然灵谷寺在洪武十四年已经建成，那么在蒋山寺旧址上营建孝陵也就有了施工的条件。另外，当时马皇后正身患重病，等到第二年薨逝时立即能够入葬。

那么，蒋山寺到底是一个什么样的风水宝地，值得朱元璋要将其迁移呢？当时又是谁堪舆选择了这一地点呢？明人张岱在《陶庵梦忆》中记载：

钟山上有云气，浮浮冉冉，红紫间之。人言王气，龙蜕藏焉。高皇帝与刘诚意、徐中山、汤东瓯定寝穴，各志其处藏袖中。三人合，穴遂定。门左有孙权墓，请徙。太祖曰："孙权亦是好汉子，留他守门。"及开藏，下为梁志公和尚塔，真身不坏，指爪绕身数匝。军士舁之不起，太祖亲礼

明孝陵神功圣德碑亭

神功圣德碑亭，在孝陵第一道门大金门正北70米处，是明成祖朱棣于永乐十一年（1413年）为朱元璋撰述的歌功颂德碑及碑亭。

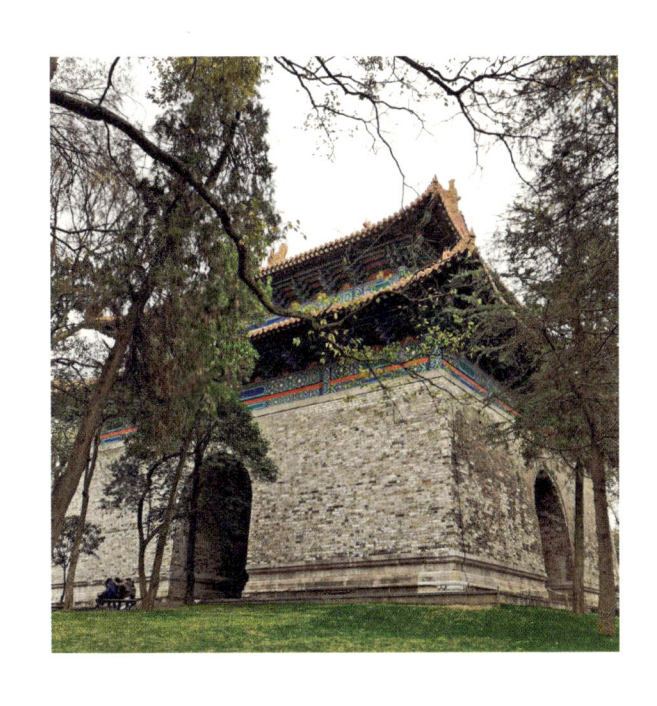

之，许以金棺银椁、庄田三百六十奉香火，舁灵谷寺塔之。

也就是说，朱元璋孝陵是朱元璋本人和刘基、徐达及汤和4人共同选定的。

孝陵陵址选定之后，朱元璋立即派遣人员进行修建，因为马皇后已经病入膏肓。不过，等到马皇后入葬孝陵后，其工程并没有停止，而是断断续续地一直修建到永乐十一年（1413年）才结束，历时达32年之久。那么，耗时如此之久建造的孝陵又有着怎样的特别之处呢？

确实，孝陵的陵寝规制可谓独树一帜。它在继承安徽凤阳明皇陵的基础上，进行了十分巨大的变革。这种变革，被后人称为有着划时代意义的突破性变革。其特别之处主要有两个地方：一是孝陵的神道建筑，并非采取前朝那种一成不变的笔直形式，而是随着地势的弯曲不断变化，有一种纵深的感觉。另外神道长度达2千米，也超过了前代历朝帝陵的神道，且神道两侧石像生的种类除了传统的狮、麒麟、象、马等，还有以往所没有的骆驼。二是朱元璋孝陵的宫殿建筑布局，一反凤阳明皇陵乃至秦、汉、唐、宋等历朝的覆斗形陵台（又称方上）和陵垣四面对称设置"神门"的做法，取而代之的是"前方后圆"的崭新的陵寝格局。其中，明皇陵最外面的那道土城，到了孝陵时则演变成了沿山设置，走势十分灵活；而相对于凤阳明皇陵的砖城也演进成了平面呈圆形，只有南面一个方向设置城台、明楼的宝城墙；同时，皁城则演变成孝陵宝城前的三进方形院落局势。

孝陵的陵寝制度为什么会形成如此有别于凤阳明皇陵乃至以前历代帝陵制度而独具风格呢？这不得不从中国古代陵寝制度的沿革，以及与此相关的风水术说起。

在中国古代，风水术不仅有一个不断发展完善的过程，它的盛行也有着一定规律性。当然，它在人们日常生活中的运用是十分广泛而重要的，特别是对于墓地阴宅的选择简直就起着决定性作用。当王朝统治者也信奉风水术之后，

它更是变得神秘而又神圣，并对帝王陵寝制度产生了不可估量的重大影响。

秦汉时期，风水术还处于萌芽状态，没有形成一套完整的用于卜选陵地的风水理论，所以那时的帝王陵寝只是选择距离山地稍远点的平原地带，以利于在开阔地上进行大规模施工。不过，秦汉时期的帝王陵寝除了靠近都城，并考虑地形地貌外，还讲究以陵寝为中心，在四周设置门户，起到一种帝王"居中而尊"的象征作用。

到了唐宋年间，阴宅的风水理论已经发展成为一种十分繁复而庞杂的学科，虽然有一定的科学含量，但也被封建帝王赋予了极其神秘的迷信色彩。

孝陵神道石像生

孝陵神道不同于历代帝陵神道呈直线形的惯例，而是完全依地形山势建造为蜿蜒曲折的布局。而且在每一段落的节点处安放石像生来控制空间，形成一派肃穆气氛。

文武方门

文武方门是孝陵的正门,庑殿顶上盖黄色琉璃瓦,正门上方悬挂长方形门额,竖书"文武方门"4个镏金大字。正门东侧立有一块"特别告示"碑,清宣统元年(1909)立,警示保护孝陵的注意事项。

同时,还有人假借晋代大学问家郭璞之威名编著一部《葬书》问世,并得以广泛流传,且得到了此后历代帝王家的尊崇,简直就成了风水术的开山之作。在书中有一种叫作"五音姓利"之说的,就是将人的姓氏分成宫、商、角、徵、羽五个音,分别对应阴阳五行中的土、金、木、火、水,并由此而确定其姓氏相应的墓穴方位,符合的就吉祥,不合的则凶险。例如,宋朝皇帝姓赵,属于角音,而角音对应的是五行中的木,木主东方,阳气也就在东方,故赵姓之地应是东高西下,所以宋朝皇帝的陵寝都取"东南地穹，西北地垂，东南有山，西北无山"的地形。而大唐王朝帝王却对"五音姓利"之说持批判态度，所以他们依然采用秦汉时期在平地建陵的方法，当然大唐王朝的帝王毕竟不凡，故在陵址选择上并不恪守一制，也有采取"因山为陵"的，目的是方便和节省时间。

元朝蒙古族的葬制，对于汉族人来说始终是一个谜。因为他们并不遵照汉族讲究的风水理论去办理，而是沿用其秘葬的民族风俗。也就是说，蒙古族人在死后埋葬时并不留下痕迹，如成吉思汗在征战归途中病死后就埋葬在一片大草原上，并用万马践踏草地没有留下点滴可供辨别的痕迹。所以，盛行于中原或者说盛行于汉族的风水术并非适用于其他地区或民族。

不过，到了朱元璋建立明朝时，江西之法的风水术已经被尊奉为风水术主流。其最显著特征就是，强调龙（墓后山脉）、穴（墓室金井）、砂（墓左、右及前面的山脉）、水、明堂（墓前平原区域）的相配关系，没有太多的拘泥和约束。特别是风水理论中的经典之作《葬书》显然就是朱元璋卜选孝陵陵址的蓝本。关于这一点，不仅可以从孝陵在卜选时精通风水术的刘基身上得到证实，而且孝陵玄宫的位置及其周围的地貌，基本上都与《葬书》中的理论相契合。如《葬书》中认为，墓地的"吉穴"应该选择在主山（来龙即玄武山）之前，且应处于"形止脉尽"之地，"善葬者，必原其起以观势，乘其止以扦穴。凡言止者……乘其脉之尽处为止"。也就是说，墓穴应该定在"来龙"的尽端和平坦地带相交之处，亦即"垄葬其麓"。而朱元璋孝陵的宝城，也就是玄宫或穴的所在恰好在紫金山南面独龙阜玩珠峰前的山麓间，与"形止脉尽"说法相吻合。又如按照《葬书》中的要求，穴的左右两侧必须"龙虎抱卫"，有重重砂山拥护环抱，与穴相邻的最内侧龙虎护砂（又称"蝉翼之砂"）与穴之间还须有"虾须之水以定陵口界线"，而孝陵宝城左右恰巧有远近群山相互环绕拱卫。

正是由于朱元璋孝陵玄宫的位置，按照当时流行的风水术选在了紫金山的

孝陵享殿

孝陵原来的享殿毁于战火，尚存三层通高3.03米的汉白玉须弥座台基，台基上有大型柱础64个，四角有石雕螭首。大殿基长57.30米、宽26.6米，可见当时该建筑之宏大。台基上现存为清同治十二年（1873年）重建的三间享殿，规模要小得多。

山脉尽处，也就是山脚下，而不是远离山体的开阔平原之上，所以才使其在安徽凤阳明皇陵制度的基础上，又有了前所未有的大变革。由于玄宫之后紧贴紫金山，左右又有护砂抱卫，因地势所限，于是有了平面为圆形，前面设有一座明楼的宝城；而城内的墓冢也因此呈自然隆起的馒头状。因为，如果孝陵仍继续沿用皇陵砖城平面为方形，且四面各置明楼的形式，则不仅砖城平面分布与其左右"八"字形的界水和砂山走向不相和谐，而且因为陵后为高山、左右为水流，其后、左、右三面明楼及城台的设置也就毫无意义了。而孝陵采取圆形宝城，较好地解决了它与自然地貌相协调的关系问题。孝陵宝城左、右、后三面邻山的地理环境，又是宝城前纵深布列院落、安排殿宇的直接原因，而陵区四面环山、兆域内明堂广大的地理特点又使神道显得长远而深邃。

总之，朱元璋孝陵这一崭新的山陵制度，不仅有力地烘托出帝王陵墓的高大雄伟，也为其后诸多帝陵建制所沿用，最重要的是它奠定了明、清两代皇家陵寝的基本制度。当然，也正因为孝陵蕴含着如此深邃的文化内涵和哲学思想，才使它于2003年6月30日在法国首都巴黎召开的联合国教科文组织第27届世界遗产大会上，作为中国的世界遗产明清皇家陵寝的扩展项目被列入《世

孝陵方城明楼

方城外部均用巨型条石建成，明楼为重檐歇山顶，上覆黄色琉璃瓦。方城明楼以北为直径400米左右的崇丘即是宝顶，也称宝城，为朱元璋和马皇后的寝宫所在地。

界遗产名录》。这又为传奇孝陵卫添上了极为绚丽的一笔。

朱元璋的孝陵戴上"世界遗产"的花环，为此南京市中山陵园管理局专门成立了孝陵博物馆，对孝陵已有建筑进行十分有效的保护和研究，并对在清朝咸丰年间清军攻打太平军时遭到毁坏和被埋没的遗迹做进一步清理工作，应该相信钟灵毓秀的南京会让这处"世界遗产"重放异彩。

埋藏湖底400年的秘密

　　位于江淮之间的洪泽湖地区，在民谚中似乎是一块物阜民丰的宝地，因为那里的人们一直都自夸说：走千走万，不如淮河两岸。然而，那里的洪涝灾害不仅记载在历史文献里，也反映在现实生活中，可以说是自古以来几乎就没有间断过。所以，建造在今天江苏省盱眙县西北管镇乡明陵村境内的明祖陵，也就难以避免地要遭受洪水侵袭了。按说，皇家陵寝向来是选择在高岗之地的，为什么洪武皇帝朱元璋家的祖陵却饱经洪水侵袭，并被埋藏在洪泽湖底长达近400年之久呢？

　　明祖陵，是明太祖朱元璋祖父母以上三代祖考的衣冠冢陵寝，也是其祖父母、曾祖父母和高祖父母的实际葬地。虽然他们生前没有当过皇帝，但是依照中国古代有称帝者即追尊其先人为皇帝的传统，所以朱元璋于洪武元年（1368年）在南京即皇帝位之前，就遵照这一"古今之通义"，让礼部官员书写好其父母以上四代先人的神位，并设置祭坛，供奉在太庙里，同时追尊他们为皇帝和皇后。太祖朱元璋御制的《朱氏世德碑记》中记载，其先世祖的情况只能追溯到五世祖朱仲八，妻为陈氏，"自仲八公以上不可复考"。所以，朱元璋只好将其高祖父朱百六、高祖母胡氏，曾祖父朱四九、曾祖母侯氏，祖父朱初一、祖母王氏，父亲朱五四和母亲陈氏8人，分别追尊为德祖玄皇帝、玄皇后，懿祖恒皇帝、恒皇后，熙祖裕皇帝、裕皇后，仁祖淳皇帝和淳皇后。

　　既然先祖们都被追尊为皇帝和皇后，就应该在他们的葬处建造陵寝。因为朱元璋祖居地多经搬迁，所以其祖父母以上三代的祖陵一时难以查找确认，故最先建造的是位于今安徽省凤阳县城西南8千米处的其父母陵寝，也就是被称

御制皇陵碑

御制皇陵碑位于安徽凤阳朱元璋为其父母和兄嫂而修建的明皇陵内，碑文记述了朱元璋自己艰辛的身世、戎马生涯和统一全国的全过程，阐明昌运兴盛的道理。

为英陵后又改称皇陵的明皇陵。

埋葬在皇陵中的朱元璋父母朱五四和陈氏，生前不仅没有当过皇帝和皇后，也没有享受过一天皇家的奢华和富贵，而且生活得还十分凄苦。原本是地主家一个佃户的朱五四，出生在元世祖忽必烈至元十八年（1281年），曾经住在集庆路句容县（今南京句容）通德乡的朱家巷。虽然句容县并不出产黄金，但元朝统治者依然规定那里的住户每年要交纳一定数额的黄金，而朱五四的父亲朱初一既没有地方去淘金，又无法用大量农副产品换得黄金来完成官府的租税，不得已只好带着全家人逃到了泗州城北13里处的孙家岗（今江苏盱眙境内），当时朱五四年仅8岁。后来，朱五四长大成人，娶了当地一位退役军人的女儿陈氏为妻，并陆续生下了朱元璋弟兄3人。再后来，随着祖父母朱初一和王氏的相继去世，朱元璋在父亲和哥哥带领下又一次背井离乡，先后在安徽省的灵璧县和虹县（古县名，在今宿州市境内）等地居住过，最后才搬迁到濠州钟离东乡（今安徽明光北赵府村）定居下来。几经搬迁，朱五四一家不仅没有改变生活的凄苦状况，相反在给钟离乡孤庄村地主刘继德家做佃户后，日子过得更加凄苦。日子挨到1344年春天，淮河两岸虽没有发生洪涝灾害，却遭遇了百年不遇的特大旱灾，接着蝗灾和瘟疫四起，朱五四和妻子陈氏在瘟疫中先后去世，朱元璋的哥哥朱重四及其长子也在那场瘟疫中丧失了性命。面对这突如其来的重大灾难，年仅17岁的朱元璋只好和二哥朱重六料理父母及兄长等人的后事。但是，一贫如洗的朱元璋家连一块埋葬父母的坟地都没有，向地主刘继德家乞讨，却遭到了后者叱骂。对此，朱元璋后

明皇陵石像生

凤阳明皇陵石像生共32对，自北向南顺序为麒麟2对，石狮8对，华表2对，石马及控马者6对，石虎4对，石羊4对，文臣、武将、内侍各2对。

来在亲自撰写的《皇陵碑》中记载了此事，说刘继德不仅不给坟地，还"呼叱昂昂"。不过，后来朱元璋兄弟二人还是在地主刘继德的哥哥刘继祖的怜悯下，讨得一块坟地安葬了父母。

得以草草安葬的朱五四夫妇，其坟地原本只是地主家的一块弃地，并不是什么风水宝地。而随着朱元璋御极登基，成为大明王朝的开国皇帝，关于其父母的葬地的说法也变得神奇起来。传说，朱元璋当年在埋葬父母时，突然风雨大作，还未来得及挖掘坟穴，在停放朱五四夫妇尸首的地方就自动隆起一个硕大的坟包，第二年在坟包周围更是长出一片枝繁叶茂的树林来。

与朱元璋父母皇陵的神奇有异曲同工之妙的，还有朱元璋家的祖陵。传说，朱元璋祖父朱初一在孙家岗村居住的时候，一天正躺在屋后杨家墩下一个土窝里晒太阳，恰巧，有师徒两位道士从那里经过，那师父指着朱初一的躺处说："万年之后若葬此处，其后人中必有出天子者。"那徒弟不明白是什么缘故，就向师父寻问根由，师父说："此地气暖，若以枯枝栽之，十日后必生叶。"两位道士怕天机被朱初一听见，就叫他起来，而朱初一却装作熟睡的样子。于是，两位道士就将一根枯树枝插在朱初一身旁，然后离去。10天后的一大早，朱初一就急忙起床去看那道士插的枯树枝，果然长出了蓬勃的嫩叶。精明的朱初一为了迷惑那两位道士，就将长出嫩叶的树枝拔去，换了一根枯枝重新插上。过了一会儿，那两位道士来时见到仍是枯枝，就感到十分诧异，而扭头看见旁边的朱初一，那师父顿时明白了一切，遂自言自语地说："汝有福，殁当葬此，出天子。"说罢，两位道士便不见了。后来，朱初一在临终时把这事告诉了朱元璋的父亲朱五四，并要求一定要把他埋葬在那里。不料，就当朱五四按照父亲嘱托为他安葬时，那地方竟自动隆起一座坟茔。而当日，朱元璋的母亲陈氏则梦见一黄冠神人，长相奇特，长须浓髯，身着朱衣，从杨家墩方向朝她走来，等到近前便送给她一粒"神光烨烨"的白丸，待陈氏将白丸吞下后，那神人却不见了。陈氏梦中醒来后，回想梦

中之事就像真的一样，而且嘴里还留有余香，于是陈氏不久便怀孕而生下了后来果真当了天子的朱元璋。

传说不是历史，但它反映了那时人们对于皇家秘史的一种敬畏心态。当然，后来朱元璋把埋葬其父母的皇陵建造得充满了神秘色彩，那完全是因为森严、肃穆而恢宏的建筑所营造出来的氛围。如果一定要说出其不同凡响之处，那就只能用时人的风水理论来附会了。不过，朱元璋对于自家皇陵的营造是十分重视的。早在他当吴王的时候，就曾亲自到父母的陵地去查看过，并进行了初步建造，只是那时他还恪守着"高筑墙，广积粮，缓称王"的战略方针，没有显摆实力而大肆营建皇陵。但是，为了便于将来对皇陵的建造，朱元璋曾特意找到过去周济过自己的汪母之子汪文和刘继祖之子刘英等旧

明祖陵南红门

盱眙明祖陵南红门为仿建的城门，红墙黄瓦，开三门洞。

人，让他们召集邻里为其看守陵园。朱元璋在应天当皇帝后，成立皇陵祠祭署，任命汪文为署令、刘英为署丞，专门负责皇陵守护事宜，且世袭这一官职。自古看守皇陵的，都是皇家至亲血脉，而朱元璋却不计前嫌，且知恩图报地任用昔日地主刘继德的侄子等人守护，倒也显得度量不凡。

历经数年修建而成的明皇陵，完全是按照帝陵建制建造的，不仅建筑规模恢宏大气，殿宇也高大雄伟，特别是神道两侧石像生的数量达到了28对之多（如果将马与控马人分别计算，则多达32对），这在中国古代陵寝制度史上是空前绝后的。明皇陵石像生的设置，虽然在数量上超过了前代，但就种类而言，仍可看出是宋陵制度的沿袭。昔日恢宏的明皇陵，经过数百年的风雨侵蚀和人为毁坏，如今能够见到的也只有这些不易搬动和损毁的石像生等巨石制品了。

皇陵石像生列于皇陵砖城北门内神道两侧。共32对，自北向南顺序为麒麟2对、石狮8对、华表2对、石马及控马者6对、石虎4对、石羊4对、文臣、武将、内侍各2对。民国二十二年（1933年）曾对石像生做过一次整修。1对内侍和1对控马人缺头，均从颈端启槽补上，1组石马及控马人身部开裂，也凿洞眼以铁扒加固。"文革"初期，石像生遭到破坏。17对石兽被推倒4对，32条兽腿断缺，4对底座残损，6对石人中1人倒地，1人上部断裂，望柱均被推倒，断成2至3截，石马及控马人被砸得残缺不全，仅存1人3马完好。1981年7月、1983年4月和1985年6月相继修复，除1马及1个控马人外，余皆恢复原貌。石像生均系整块石料琢成，质地坚硬，呈黑色，有红筋，皇陵石像生历经600余年，至今石人衣着、扣带、石兽毛发等纤细部分，仍如新刻，极为清晰。石像生造型逼真，刻工精细。

与明皇陵命运相同的还有明祖陵，虽然它遭受人为毁坏不是很严重，但是却被洪水淹没埋藏在洪泽湖底达数百年之久，这在历史上是十分罕见的。

因为一时难以查找和确认，明祖陵比明皇陵建造得要晚些，原因是明太祖

朱元璋根本就不知道其三代祖考的确切葬地。后来，在一个偶然的机会，朱元璋终于得以确认，并开始大肆建造祖陵。那是洪武十七年（1384年），太祖朱元璋同宗族人朱贵年老回乡后，专门查考其祖先坟地以便于祭祀，因其祖父与朱元璋的祖父是一同从朱家巷搬迁到泗州孙家岗的，所以朱贵的查考基本属实，也就是说朱元璋的祖父埋葬在泗州城北的杨家墩，即前面传说的那块神奇之地。

不过，这块被大明王朝视为"肇基帝迹"的发祥之地，当年却屡遭洪水和风雨灾害侵袭。《明世宗实录》中记载：

> 每岁水大则众流汇合，从东南直河奔注于淮水；小则汇潴于陵之东南两面，四时不涸。但遇淮水泛滥，则西由黄岗口，东由东河口，弥漫浸灌，与诸湖水合，遂淹及岗足。

到了明万历年间，明祖陵水患达到了十分严重

控马人像

凤阳明皇陵的控马人像，可以看出带有明显的宋代石雕遗风

的程度。明万历三年（1575年），总理河道的工部尚书潘季驯提出"筑堰束淮"的方案，这使明祖陵彻底被洪泽湖淹没了。为了使明祖陵摆脱洪水的侵害，这位工部尚书潘季驯又经过一番治理，却没有领会祖先大禹疏浚治河的道理，不仅没有拦住淮河的水势，反而使淮河洪水四处漫溢，造成两岸人民惨遭洪涝的侵害。

历经近400年，到了1962年与1963年的冬春之际，由于洪泽湖水位下降，明祖陵的遗址才得以露出水面。面对被埋藏在湖底数百年之久的明祖陵遗址，江苏省文物普查工作队进行了细致勘查，最后确认为明祖陵。从此，江苏省和地方政府不仅修筑了隔水堤岸，还把明祖陵确定为江苏省第三批重

神道石像生

盱眙明祖陵的石像生共21对，分别是麒麟、狮子、马、控马人、文臣、武将、内侍及望柱等，艺术风格和明皇陵有一定差异。

点文物保护单位,并建立了泗洪县明祖陵文物保管所,对明祖陵实施有效保护和研究。在洪泽湖底沉睡近400年的帝王陵园,虽然没能被列入《世界遗产名录》,但它依然是我国最珍贵的文化瑰宝。

关于明祖陵的建筑构造,从有关史料中可以得知,它是由地宫和地面园寝组成的。地下玄宫,按照明人曾惟诚编撰的《帝乡纪略·帝迹志·陵墓》卷一中所记,明祖陵地宫建于洪武十九年(1386年),计有"三圹"。而"三圹"的位置却不在明太祖朱元璋祖父的葬地——旧陵嘴,而是位于旧陵嘴的西北,即明祖陵享殿之后。明祖陵玄宫位置如此安排,据载是皇太子朱标和诚意伯刘基秘密商定的。他们认为,这样可不打开朱初一的墓穴,而防止"王气"泄漏,同时又能利用新建的玄宫将德、懿二祖招魂袝葬,使明祖陵成为朱元璋三代祖考的共用之陵。关于明祖陵玄宫的建筑布局,1982年进行清理遗址,才发现其墓冢地表下约2米深处有横向排列的9座拱券券门,这就是文献中记载的"三圹"。明祖陵的地面建筑,基本上是仿照明皇陵的建制,在《帝乡纪略》中有这样的记载:

皇城,正殿五间、东西两庑六间、金门三间、左右角门二座、后红门一座、燎炉一座。砖城一座,内四门四座,各三间红门、东西角门两座;外有先年东宫具服殿六间,直房十间,东、西、北三门直房十八间,星门三座,东西角门二座,内御桥一座,金水河一道,石仪从卫侍俱全,天池一口,井亭一座,神厨三间,神库三间,酒房三间,宰牲亭一所,窑房三间。外罗城内,磨房一所、角铺四座、窝铺四座、砖桥一座;城外,下马牌一座,东西面御水堤二道,自下马桥起至施家岗止,共长六百七十五丈五尺,外金水河堤添闸一座。城内东祠祭署一所,堂、厅、门、廊、斋房悉备,颇为完美。

建造得如此完美的明祖陵,如今早已焕发出新的姿容,成为人们旅游和沐

明祖陵玄宫

明祖陵玄宫被淹没在水下，水位低的时候能看见券顶。

浴历史文化的场所。只是不知在文化遗产中享受的人们，能否感受到历史的沧桑和深邃，否则遗产真的要伤心了。当然，更伤心的恐怕还有糟践遗产的行为。

信手指点马兰峪

河北省遵化市马兰峪清东陵的开辟，是颇有传奇色彩的，因为所有传说都离不开顺治皇帝打猎时的兴之所至。于是，这位政治智慧早熟的清朝入关第一帝，在信手指点下就有了这14座帝王后妃陵寝的"万吉之壤"。它们是清朝入关第一帝顺治的孝陵，康熙帝的景陵，"古稀天子"乾隆帝的裕陵，"战乱皇帝"咸丰帝的定陵和"傀儡皇帝"同治帝的惠陵；还有孝庄、孝惠、孝贞（慈安）和孝钦（慈禧）4座皇后陵，及妃园寝5座，即景陵妃园寝、景陵皇贵妃园寝、裕陵妃园寝、定陵妃园寝和惠陵妃园寝。这14座陵园的300多处单体建筑，都是以昌瑞山主峰下的孝陵为中心，分布在其东西两侧，依山就势，错落有致，主次分明。其中，孝陵规模最大，占据着中轴线；裕陵最华美，尤其地宫中精湛的石雕经文与佛像更是令人叫绝；慈禧太后菩陀峪定东陵的建筑最为独具匠心，那汉白玉雕栏上的"凤引龙"图案成为人们评说的焦点。

◎ 特立独行的顺治帝

河北省遵化市的马兰峪，是清东陵的陵址。关于这块人称龙凤呈祥风水宝地的选择，世人和史书上多有记述，只不过各持己见、各有道理罢了。晏子有先生在《昌瑞山下第一陵——孝陵》一文中说，世祖福临一天到马兰峪境内打猎，在凤台山上见四周景致非凡，有帝王之气，就摘下马鞍子上的一枚扳指，抛向山坡时声明鞢（扳指亦称"鞢shè"）落处为他陵寝的金井之地，于是就择定了清东陵陵址。而晓明、竟无主编的《帝王之居·帝王阴宅之谜》一书中

清世祖顺治皇帝像

清世祖爱新觉罗·福临（1638—1661年），清朝定都北京的第一位皇帝，年号"顺治"，驾崩后葬于清东陵之孝陵。

也说，顺治皇帝在马兰峪狩猎时，发现凤台岭是块风水宝地，就将右手大拇指上佩戴的白玉扳指取下来，然后扔下山坡说鞢落处为其陵寝之穴。考古文学作家岳南先生在《日暮东陵》一书将顺治皇帝亲定东陵陵址一事描写得更是传神。他写道：

这次事件的缘由，起于顺治帝带领群臣外出打猎的途中，当一行人沿长城向东来到河北遵化县（今遵化市）所辖的马兰峪镇一带的凤台山时……

顺治帝在惊讶于这天造神赐的宝地后，大声说道："此山王气葱郁，可为朕寿宫！"

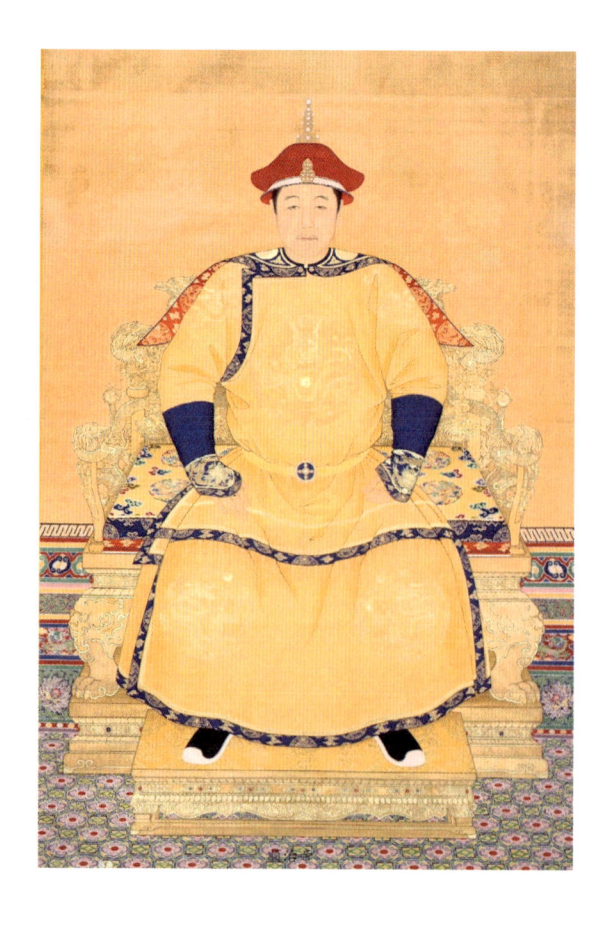

于是，顺治皇帝"解下随身玉佩，系于金漆箭翎之上，弯弓满石，振臂一射，那箭便穿云度日，飞落于正面凤台山的山阜之前，入地盈尺，振振有声，箭落穴定"。这些说法虽有细节上的差异，但都认定清东陵陵址是顺治皇帝亲定的。

可是，关于顺治皇帝亲定陵址一事，在《世祖本纪》和成书于康熙年间的《世祖章皇帝实录》中却只字未提，特别是中国第一历史档案馆馆藏《清初内国史院满文档案译编》下册中，也只记载说顺治皇帝一生中只有两次到过遵化，并认为顺治皇帝亲定陵址一说似乎不太可能。那么，到底是谁勘定了清东陵陵址呢？史书记载有这样一件事，那就是关于德国传教士汤若望因反用洪范五行勘定荣纯亲王陵址而被江南徽州府新安卫官杨光先告讦一事。恰巧在这一事件中，康熙帝在谕旨中竟无意说出了清东陵选址的真相。康熙帝在御批杨光先的奏折中说：

汤若望系掌印之官，于选择事情，不加详慎，辄尔准行，本当依拟处死，但食专司文天，选择非其所习，且效力多年，又复衰老，著免死。杜如预、杨宏量本当依拟处死，但念永陵、福陵、昭陵、孝陵风水皆伊等看定，曾经效力，亦著免死。

在这里，康熙帝不仅道出是杜如预、杨宏量勘定的孝陵陵址，并且连关外三陵也是他们效力选择的。

不过，无论是何人勘定的清东陵陵址，都可以肯定地说马兰峪确实是一块风水宝地。按风水堪舆学说而言，马兰峪是"四出之山，生八方之龙"的吉地，而从现代自然科学角度分析，这也是一处"藏风避水"的好地方。清东陵地处凤台岭，来脉于太行，联衔于燕山，势如巨波，犹似万马奔腾自天而下。清东陵后依昌瑞山，面临金星岭，左有鲇鱼关，右是黄花山，往南是一条清澈的马兰河潺潺流过，隔河而望又是天台和烟囱两山，恰似清东陵的一道天然关隘。越过这一关隘，走进境内，其主陵即是清世祖顺治皇帝的孝陵，作为清朝入主中原第一位皇帝的陵寝，许多地方是效仿北京昌平明十三陵的规制。然而，如此规模宏大的孝陵陵寝，却掩饰不了墓主生前那特立独行的个性和那段凄婉美

清孝陵石牌坊

孝陵是清东陵的祖陵，孝陵石牌坊是整个清东陵的标志，和明十三陵石牌坊一样为仿木结构，更加雄伟。

妙的爱情故事。

在稳固神秘的孝陵地宫内，埋葬着顺治皇帝和他的两位皇后，其中孝康章皇后佟佳氏是康熙帝的生母，另一位孝献皇后董鄂氏，就是与顺治皇帝演绎那哀怨恋情的另一主角。然而，由于文人们妙笔的移花接木，硬是在这段爱情悲剧中又引入了第三者，从而使其更加错综复杂，令人难辨真伪，以致一度成为文史两家纷争考辨的焦点。而这位第三者，就是明末清初史称"秦淮八艳"之一的江南名妓董小宛。

关于顺治皇帝与名妓董小宛之间那浪漫悲壮的爱情故事，多记载于野史和一些笔记小说中，在清史典籍里却只字未提。据野史和民间传说，为清朝入主中原创建头功的明朝降将洪承畴，生性风流多情，顺治皇帝生母孝庄皇太后以色诱降洪承畴，才使已是阶下囚的洪承畴变节投降，以致明王朝大厦轰然崩塌。这位洪大帅被任命为清廷两江总督，他久慕秦淮八位风流佳丽的美名，于是千方百计诱骗董小宛。可是，已经成为"江南四公子"之一冒辟疆之妾的董小宛对冒情深意笃，誓死不从洪承畴。无奈之下，洪遂将董小宛献于年轻的顺治皇帝，以献董而邀皇帝之恩宠。不料，温柔痴情的顺治皇帝不仅赢得了董小宛的真爱，而且对董宠爱无比，似有三千宠眷于一身之势。后来，由于洪承畴在孝庄皇太后面前挑唆，致使董小宛被赐自缢而死。

董小宛的死，对于正处在热恋中的年轻皇帝顺治来说，简直就是棒打鸳鸯散，

孝献皇后董鄂氏

孝献皇后董鄂氏（1639—1660年），世称董鄂妃。内大臣鄂硕之女，顺治皇帝对其极其宠爱。去世后顺治帝哀痛至极，亲制行状悼念。

以致顺治皇帝寻死觅活，最后竟然不辞而别，到山西五台山削发当和尚去了。他们这段可歌可泣的爱情故事被传为佳话。

那么，这一美丽凄婉的爱情悲剧到底是否属实呢？《辞海》中记载说：

董小宛（1624—1651），明末秦淮名妓。名白，字小宛。后为冒襄（字辟疆）妾。清兵南下时，同辗转于离乱之间达九年，后因劳顿过度而死。冒襄曾著《影梅庵忆语》，追忆他们的生活。有说她为清顺治帝宠妃，系由附会董鄂妃事而来。

确实，董小宛"插足"顺治皇帝与董鄂妃爱情是文人编造，那史实中的董鄂妃又是怎样一个人，她与顺治皇帝又有怎样轰轰烈烈的爱情故事，这两位生死恋人的归宿又如何呢？据清朝内档记载，董鄂妃系满洲正白旗人，是内大臣鄂硕的女儿，出生于清崇德四年（1639年），年十八而入侍。为了给史书上这一简单记述作注脚，外籍传教士汤若望是这样写的：

顺治皇帝对于一位满籍军官之夫人，起了一种火热爱恋。当这位军官因发现其间的私情申斥他的夫人时，他竟被有所闻知的天子，打了一个极怪异的耳光。这位军官于是乃怨愤而死，或许是自杀而死。皇帝遂将这位军官的未亡人收入宫中，封为贵妃。这位贵妃于顺治十四年（1657年）产生一子，是皇帝要规定他为皇太子的。但是，数星期之后，这位皇子竟而去世，而其母随其后亦薨逝。皇帝徒为哀痛所致，竟致寻死觅活，不顾一切。

据汤若望的推测，那位军官就是和硕襄亲王博穆博果尔，而董鄂妃原是他的夫人。在《世祖章皇帝实录》中也有一段怪异的记载，将襄亲王之死与董鄂妃入宫联系在了一起，这就不能不使人们以此而确认汤若望所言属实了。《世祖章皇帝实录》中记载：

顺治十三年四月，应册立嫔妃。……七月，襄亲王博穆博果尔死。礼部择吉于八月十九日册妃，上以襄亲王逝世，不忍举行，命八月以后择吉。八月二十二日，立董鄂妃为贤妃，同日遣官祭襄亲王。九月二十八日，拟立董鄂氏为皇贵妃，颁诏大赦。

通过这段实录，人们不难看出襄亲王之死，确与董鄂妃有着一种不可示人的隐情。另外，从董鄂妃仅在月余之内就由妃而至皇贵妃（由妃至皇贵妃之间还有贵妃一等级）这一特例，应该明白这与顺治皇帝的逾格宠爱是有关的。而在汤若望的记述中还讲道，董鄂妃生有一子，数星期之后夭折而使顺治皇帝大为悲伤，这也是确实的。后来，顺治皇帝还将那位仅存活3个来月的幼子册封和硕荣亲王，并逾例在黄花山下为其单独建造陵寝。再后来，在其陵中出土的石碑上写有"和

汤若望像

汤若望（Johann Adam Schall von Bell，1591—1666年），德意志人，天主教耶稣会传教士。1620年到澳门，在中国生活47年，历经明、清两朝。

孝陵二柱门、石五供和方城明楼

　　孝陵是清朝统治者在关内修建的第一座陵寝，气势恢宏，顺治帝和两位皇后采用的全部是火葬，所以在地宫中仅留有三个骨灰坛，且顺治帝生前要求不得厚葬，使得孝陵成为清东陵唯一一个保存完好的皇陵。

硕荣亲王，朕第一子也"的字样。董鄂妃因丧子之痛，于顺治十七年（1660年）八月十九日也郁闷而终。这对顺治皇帝来说更是一种彻骨的痛，于是他竟不顾祖制在3天后追封她为皇后。对于董鄂妃的葬礼，顺治皇帝是极尽奢华和超逾礼制的，不仅传谕要求亲王以下、四品官以上，公主、王妃以下命妇人等全到董鄂妃停灵之地景运门哭祭，还辍朝五日不上班，特请当时颇具威望的茆溪森禅师主持董鄂妃葬礼，顺治皇帝也写了洋洋数千言的祭祀文章，追忆董鄂妃"性孝敬""知大礼""有母仪之度"等美德，随后便厚葬在了孝陵地宫之中。

　　爱妃董鄂妃的薨逝，加速了顺治皇帝的崩逝，

乃至他一度看破红尘，多次要求遁入空门去当和尚。由此，顺治皇帝出家五台山直至圆寂，就成了清初三大疑案之一。不过，清史稿中却认定顺治皇帝是患天花而逝的。顺治皇帝到底是出家当了和尚，还是因病而驾崩，史学家多与清史稿中的记载持相同观点。不过，顺治皇帝崩逝原因虽有争议，但世人都认为孝陵是一座空陵，这是不持异议的。而正是因为顺治皇帝空棺入葬孝陵传说的盛行，而使其有幸成为清东陵中唯一没有被盗掘的帝陵。

◎ 康熙大帝的挠头事

作为中国历史上的一代英主，康熙大帝有着数不完的辉煌功绩。如果说康熙帝8岁登基到14岁亲政前无所作为的话，那么只能说是因为他年幼和辅政四大臣的掣肘所致。等到他亲政之后，康熙大帝玄烨那旷世的治国奇才便得以迅速地显露出来。

如此，不妨盘点一下康熙大帝的丰功伟绩：①他先是用计铲除了辅政四大臣之一的鳌拜集团，夺回朝中大权，然后平定以吴三桂为首的"三藩之乱"，统一中国的西南边陲；②他英明地起用姚启圣，指派靖海将军施琅出兵收降郑克塽，收复台湾地区；③他于康熙二十八年（1689年）在击败沙俄侵略军的基础上，同俄国签订《中俄尼布楚条约》，最终划定中俄东段的边界线；④他在康熙三十五年至三十六年（1696—1697年）先后3次亲征噶尔丹，一统漠北及新疆东部地区；⑤康熙五十九年（1720年），他又进兵西藏，驱逐策妄阿拉布坦的叛乱势力，并派遣驻藏大臣，册封了达赖喇嘛为西藏的宗教领袖；⑥康熙六十一年（1722年），他进军乌鲁木齐，为后代最终勘定新疆边界奠定了基础……

综观整个康熙王朝，大清帝国版图已经是东起库页岛，西跨葱岭，北连西伯利亚，南达南沙群岛的连绵疆域。所有这些文治武功，都为中国历史上最辉

康熙帝御用双筒燧发枪

故宫博物院藏，是清初制作精细、性能良好的燧发枪。

煌的"康乾盛世"奠定了深厚基础。然而，就是这样一位享尽人间荣耀和创建不朽功业的一代英主，却在对待儿子们的问题上伤透了脑筋。

康熙帝在位期间，经常向臣僚们宣称：人生的福气不在于什么富贵尊荣，最重要也最难得的就是享长寿而终其天年。其实，康熙帝这些话是有所指的，因为他知道由于自己久居皇位，儿子们对于皇权的觊觎早已是急不可耐了。他害怕这群虎视眈眈的儿子中，会有人一时兴起或权迷心窍而打发他上西天。康熙帝的这种担心最终还是出现了，因为关于他到底是怎么死的，至今还是史学家们争论的谜题，而传说他死于非命的可能性又最大。当然，康熙帝的死离不开选择继承人的问题，也就是最高皇权的继承归属问题。

其实，康熙帝最初对于皇权的传承早有自己的考虑，只是他一开始选择的继承人最后让他太失望了。在康熙十四年（1675年）十二月十三日，康熙帝就下诏说：

自古帝王继天立极，抚御寰区，必建立元储，懋隆国本，以绵宗社无疆之休。朕缵膺鸿绪，夙夜兢兢，仰惟祖宗谟烈昭垂，付托至重，承祧衍庆，端在元良。嫡子胤礽，日表英奇，天资粹美，兹恪遵太皇太后、皇太后慈命，于康熙十四年十二月十三日，立允礽为皇太子，正位东宫，以重万年之统，以系四海之心……

随着诏旨宣毕，终于改变了清开国40年来不预立太子的做法。而正是这

胤礽像

爱新觉罗·胤礽（1674—1725年），康熙帝次子，两次公开册立、被废的皇太子。雍正二年（1724年）幽死，被追封为和硕理亲王。

位"日表英奇,天资粹美"的皇太子胤礽,却使文治武功让秦皇汉武和唐宗宋祖都为之羡叹的康熙帝,几近毁了一世英名。

胤礽一岁时被册立为皇太子后,他的一切活动和礼仪都开始有别于其他皇子,尤其是着装、仪仗等,处处体现着皇太子的威仪。随着时间的推移,一些居心叵测的人开始依附于皇太子,从而在他身边形成一个政治集团,俨然一个小朝廷。这岂是中央集权制观念极强的封建君主所能容忍的?更何况当时的国家最高统治者康熙帝,还是一位"权不分二"的英主呢?

不过,对于胤礽太子党的政治势力,康熙帝早就有所察觉,只是他投鼠忌器,于是只好圈禁太子党的中坚分子索额图,以望换来皇太子的悔悟。然而,索额图在幽禁中死去,这更加激起了胤礽的复仇情绪。特别是康熙四十七年(1708年)七月,康熙帝在热河举行木兰秋狝时,皇太子胤礽夜窥父皇寝帐图谋不轨,使康熙帝有一种"今日被鸩,明日遇害"的感觉。于是,康熙帝不得不采取果决手段,在返京途中急召随扈的王公大臣齐集行宫前,历数皇太子胤礽十款罪,然后告祭天地、宗庙和社稷,并下诏布告全民废黜了皇太子。

然而,"国之根本"的皇太子被废,却没有使康熙帝得到安宁。恰恰相反,由于储位虚悬,倒引起了诸多皇子的纷争,以致政局也一度动摇起来。对此,康熙帝苦心孤诣地思索对策,终于又以"胤礽身染狂疾,似有鬼物凭之"为借口为胤礽开脱,重新立胤礽为皇太子。不过,这次皇太子胤礽的复位,不仅导致诸皇子结党与皇太子对立,胤礽自己的心里也有怨气,他常常激愤地说:"古今天下,岂有四十年太子乎?"随即,皇太子胤礽为转移康熙帝的政治视线,挑起了历史上最大的一次文字狱——《南山集》案。而随着案情的不断深入,康熙帝终于敏感地觉察出,皇太子以武力逼宫一戏即将上演。于是,一场生死较量就看谁下手迅疾而果断了。自然,睿智的康熙帝以迅疾解除皇太子党中手握重兵的托合齐兵权的方法取得了胜利。随即,康熙帝"将胤礽仍行废黜禁锢"。

　　经历两立两废太子的活剧，康熙帝这位老人感到心力交瘁，他决心不再预立太子。而"国无根本"，同样导致争储活动更加凶险莫测，这让他"夙夜难寝"。在康熙帝风烛残年之际，十四阿哥允禵受命为大将军王，用兵西陲，颇有战功，且年富力强，一度成为夺储之争中新升起的一颗耀眼之星。然而，这位十四阿哥却有勇无谋，最终被精细的四阿哥胤禛所击败，成了争储角逐的牺牲品。民间流传雍正皇帝（即四阿哥胤禛）是篡改康熙帝传位诏书而当皇帝的，所以史学界就推断说，如果康熙帝晚死或早死一年，清王朝第三代领导人则非十四阿哥胤禵莫属。为此，有人还从以下几个方面诠释了这一观点：

　　一是，康熙帝在晚年从20多名皇子中，唯独挑选胤禵代己出征，说明康熙帝十分钟爱和欣赏他。而后来胤禵以自身卓越的统率才能取得胜利，也证明康熙帝这位阅人丰富的睿智老人没有看错自己挑选的接班人。

胤礽的"皇太子宝"印

故宫博物院藏。印玺规格："皇太子金宝，蹲龙钮，平台，方四寸，厚一寸二分，玉箸文。"

二是，胤禵出征前毫无政绩可言，更没有足够被立为皇太子的爵位，仅是一个贝子，即便康熙帝有意传位于他，臣民们也难以接受，故而康熙帝让他代己用兵西陲，以望他取得功绩，好在臣民中建立起崇高的威望。

三是，康熙帝十分喜爱和欣赏胤禵的直率、单纯而又能干的品质，但争储之战搅得他不敢轻易预立太子，他还需要对胤禵加以锤炼和考察。

抛开人们对十四阿哥胤禵的揣说，不妨来看看最终成为雍正皇帝的四阿哥胤禛的情况。在那场变幻莫测的争储大战中，四阿哥胤禛表面上时刻把自己装扮成一个"富贵闲人"，暗地里却在不断地积蓄着自己的政治力量，特别是手下豢养的那些门客，个个都是精明之士。他们为四阿哥胤禛在争储中出谋划策，还

胤禵像

爱新觉罗·胤禵（1688—1755年），康熙帝第十四子，雍正帝同母弟。康熙五十七年（1718年）作为抚远大将军领兵出征，为西部边疆的安宁做出了重要贡献。

四处侦察其他阿哥的行动,同时他们奉劝四阿哥胤禛在变幻难测的争储风浪中,首先要采取四面讨好的战术,蒙骗和减弱康熙帝和诸皇子们对他的关注程度,这样既可以减少风险,又容易赢得康熙帝的好感,等到渐渐赢得康熙帝的信任后,再对朝中重臣实施拉拢的政策,使朝臣们都归附于自己,最后再将自己的儿子、康熙帝最宠爱的孙子弘历(即后来的乾隆皇帝)作为筹码抛出来,这样就能够赢得作为一个老人的康熙帝的欢心,从而使他效仿周王因爱孙而传位于其父,取得争储的最终胜利。其实,这寥寥几句话就将四阿哥胤禛变成雍正皇帝的过程做了概括,但并不能解开已经流传近300年的这一清宫之谜,更不可能解开困扰康熙帝一生的挠头事。

我们还是走进埋葬有康熙帝和孝诚仁皇后、孝

康熙遗诏(局部)

第一历史档案馆藏。其中写有"雍亲王皇四子胤禛,人品贵重,深肖朕躬,必能克承大统,著继朕登基,继皇帝位"等字样。

昭仁皇后、孝懿仁皇后、孝恭仁皇后、敬敏皇贵妃等6人合葬的景陵，来看一看景陵的规制，以及5位后妃的生平往事吧。

位于孝东陵东南的景陵，各种建筑设施均模仿顺治皇帝的孝陵，只是规模略小，神道上也只设有文臣、武将、马、象、狮等5对石像生。景陵名称是由雍正皇帝圈定的，明楼题额及楼内碑上的"圣祖仁皇帝之陵"也是雍正皇帝御笔亲书。雍正皇帝对神功圣德碑更为重视，曾专门下旨：

世祖章皇帝碑文字迹似小，圣祖仁皇帝在位六十余年，功德隆盛，文章字数甚多，一碑不能尽

景陵隆恩殿

隆恩殿是供奉康熙帝神位和祭祀用的大殿，光绪三十一年（1905年）二月二十日因火灾被焚，仅神牌被抢出。宣统元年（1909年）修复。

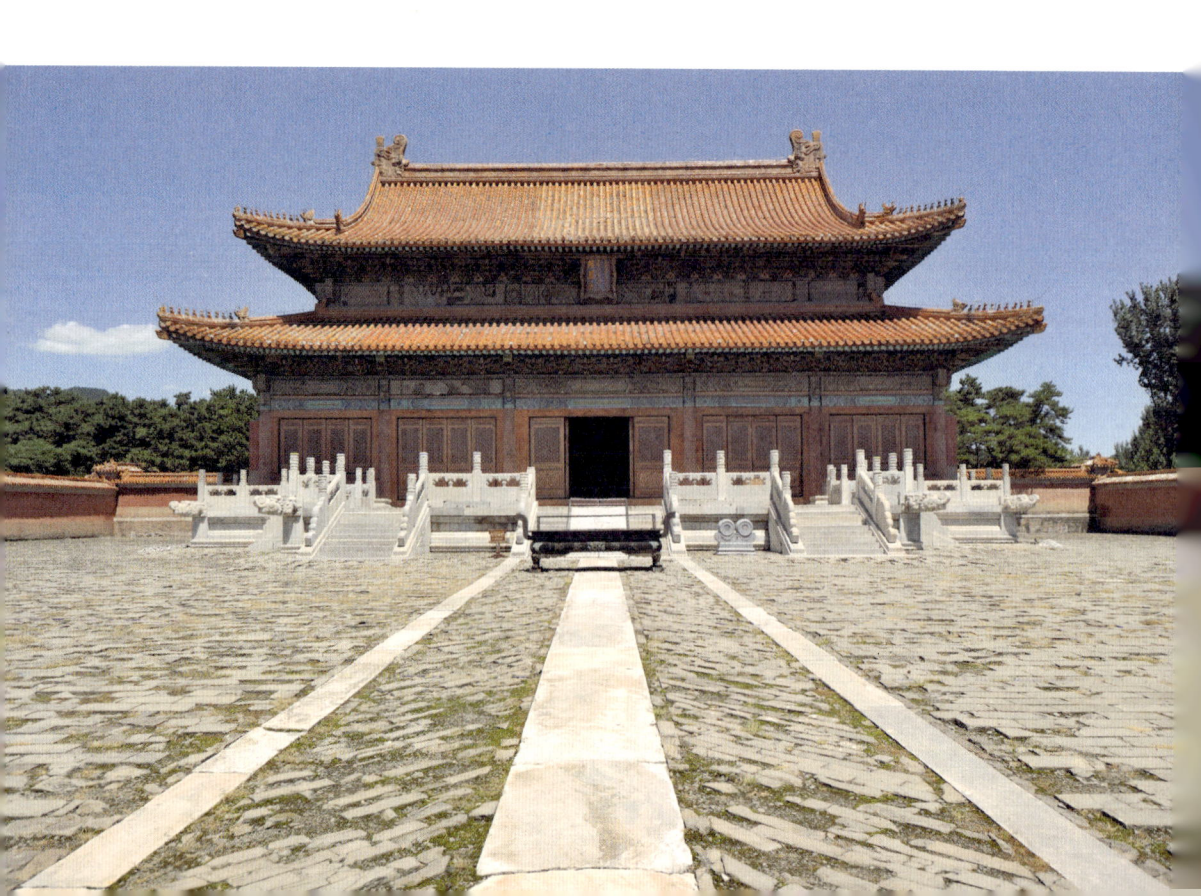

载，建立二碑，一刻清文，一刻汉文。

遵照雍正皇帝旨意，碑楼建成后，竖立了两通石碑，左为满文，右为汉文。碑楼神道向西与孝陵的神道相连接。康熙帝谥号为"圣祖合天弘运文武睿哲恭俭宽裕孝敬诚信中和功德大成仁皇帝"27个字，而景陵神功圣德碑文也长达5000字，是清代帝王陵寝前所立神功圣德碑碑文最长的。

雍正元年（1723年）二月十七日定康熙帝陵名为景陵。三月十七日将康熙帝梓宫发往东陵，雍正帝恭送，四月二日圣祖梓宫奉安景陵享殿，此时景陵地宫尚未封闭，因为此前已葬入4人，是康熙帝的3个皇后和一个皇妃。按清朝惯例，皇后先于皇帝崩逝是不能入葬主陵的，康熙帝开创了帝陵先葬皇后的先例。

康熙二十年（1681年）三月八日，孝诚仁皇后、孝昭仁皇后就移葬刚建成的景陵。孝诚仁皇后是四大辅臣之一索尼的孙女，赫舍里氏，她13岁时由孝庄太皇太后安排立为皇后，当时康熙帝只有12岁，康熙十三年（1674年）五月，她生皇次子胤礽，产后几个时辰就逝于坤宁宫，时年22岁。其梓宫原安放在巩华城殡宫。

孝昭仁皇后是大臣遏必隆的女儿，钮祜禄氏。入宫时册封为妃，康熙十六年（1677年）册立为皇后，半年后逝于坤宁宫。其梓宫与孝诚仁皇后同安放于巩华城。

孝诚仁皇后入葬景陵后第八年，孝懿仁皇后逝去了。她是康熙帝的亲表妹，佟佳氏，入宫时册封为贵妃，后升为皇贵妃。康熙二十八年（1689年）七月八日病重时，康熙帝下谕立佟佳氏为皇后，九日颁诏，十日佟佳氏去世，只当了一天皇后。

景陵中第四个葬入的是敬敏皇贵妃章佳氏，她性情温良，深得康熙帝的宠爱，是皇十三子胤祥的母亲，逝于康熙三十八年（1699年）七月二十五日，

景陵二柱门、石五供及方城明楼

景陵首开皇帝陵内祔葬皇贵妃的先例，也是清朝皇家陵寝中第一个废除火化，将尸体葬入地宫的陵寝，还开创了皇帝陵内先葬皇后、不闭石门、以待皇帝的制度。

次年六月葬入景陵地宫。

康熙帝驾崩后半年，康熙帝的德妃、雍正皇帝的生母乌雅氏逝去，她被追谥为"孝恭宣惠温肃定裕慈纯钦穆赞天承圣仁皇后"。此时，康熙帝梓宫还停放在景山的裖恩殿，于是她和康熙帝一起在雍正元年（1723年）九月一日葬入景陵地宫。

◎ "古稀天子"恋祖情

中国历代帝王中寿命最长、实际掌权时间最久、18世纪影响中国历史进程最大、文治武功达到封建社会巅峰的爱新觉罗·弘历，就是自诩为"十全天子"的乾隆皇帝。然而，就是这位有着卓越智慧的一代英主，却于古稀之年在对待自己逝后万年吉地这一问题上，陷入了一种无比尴尬的境地。

按说，曾祖顺治皇帝和父亲雍正皇帝分别开创了清东陵与清西陵后，乾隆帝可以任择东、西陵一处吉地作为自己的陵地，完全不必为此自寻烦恼。可是这位对万事都苛求完美的乾隆皇帝，非要找出一个择定葬所的理由不可。早在即位之初，乾隆皇帝就犯了愁，是子随父葬在清西陵境内卜选陵地呢？还是近依疼爱自己的康熙帝景陵寻找葬身之所呢？抑或是兼而顾之在东、西陵之间重新堪舆万年吉地？乾隆皇帝既怕冷落了父亲雍正帝所在的清西陵，又舍不得远离祖父康熙帝的景陵。乾隆三年（1738年），钦天监监正明图等人在东、西陵之间卜选得房山县（今房山区）"长沟"吉地后奏称：

十月初四日，同相度官洪文澜、管志宁、李廷耀等前往房山县、涞水县、易州等处相度，据洪文澜等看得长沟吉地，龙从廉贞起祖三台出脉，主山诸秀近察环拱。外则罗城圆净，纳尽西来诸水；前则明堂平厂，能容万马奔腾。再以形势言之，戴燕京而襟东鲁，跨辽海而枕太行，四时八景，万载水所，众水群山，九州难并，正乃天生神物以佐圣明者也。

然而，这么好的一处吉地，乾隆皇帝却没有相中，个中原因自然是不了解乾隆皇帝心理的明图等人所无法明晰的。此后，又经数年奔波于京师附近各地勘选吉地，乾隆皇帝均未能确定最后的陵址，直到乾隆七年（1742年）才似乎勉强同意在清东陵境内胜水峪建造自己的陵寝。

关于乾隆皇帝最终在清东陵境内修建自己陵寝的原因，他曾解释说："向例，皇帝登基后，即应选择万年吉地。乾隆元年，朕绍登大宝，本欲于泰陵附近地方相建万年吉地，因思皇考陵寝在西，朕万年吉地又近依皇考，万万

裕陵圣德神功碑亭

又称小碑楼，是放置乾隆皇帝谥号碑的地方。重檐歇山式，黄琉璃瓦覆顶，四面辟门，四角各矗立一华表。

年后，我子孙亦思近依祖父，俱选京西，则与东路孝陵、景陵日远日疏，不足以展孝思而申爱慕，是以朕万年吉地即建在东陵界内之圣水峪（后改为胜水峪）。"众所周知，乾隆皇帝"展孝思而申爱慕"不单是告诫子孙的，更主要的是展示自己对祖父康熙帝的孝思和爱慕。史书上曾记载，康熙帝之所以传位给雍正皇帝是得益于他有一个深得康熙帝喜爱的儿子乾隆。确实，康熙帝偏爱孙子乾隆是不争的史实，所以乾隆皇帝恋祖情结表露在自己逝后的陵址选择上，似乎就不难理解了。其实，乾隆皇帝眷恋祖父康熙帝的情结，在其生前就有许多鲜活的例子。

早在康熙六十一年（1722年）春，弘历（即

信手指点马兰峪

后来的乾隆皇帝）在雍亲王府的牡丹台首次谒见皇祖康熙帝时就引起康熙帝的关注，后来又因雍正皇帝进呈弘历的生辰八字得到在康熙帝身边随侍的眷宠，特别是同年夏秋两季在热河避暑山庄共度的那一段时光，更使康熙帝对弘历表露出无比的宠爱。一次，年仅12岁的弘历身着戎装跟随康熙帝在山庄外的永安莽喀围场狩猎。在狩猎合围时，康熙帝手持火枪一枪击中一头黑熊，因不知黑熊是否毙命，康熙帝就命几名侍卫护送爱孙弘历近前去补射几箭，以望为弘历挣个首次狩猎就能击毙猛兽的好名声。不料，待弘历骑着他那匹小马快到近前时，受伤的黑熊却突然站了起来

裕陵神道石像生

裕陵神道石像生共8对，比其祖父康熙帝的景陵多了麒麟、骆驼、狻猊各一对，虽数量少于顺治帝的孝陵，但种类却与孝陵一样。

扑向弘历，康熙帝顿时吓得脸色骤变，急忙用枪将黑熊击毙。事后，康熙帝连连后悔说："这孩子命运贵重，这孩子命运贵重，要是到跟前黑熊扑上来，那成什么体统了？"

康熙帝钟爱孙子弘历，还表现在日常生活的一些小事上。在避暑山庄祖孙相伴的那些日子里，每每弘历陪侍康熙帝钓鱼归来时，总想着让弘历拎几条活鱼送给其父雍正皇帝，以表示自己的怜爱。一次，弘历在山庄里自己的居地"鉴始斋"中读书，远远地闻听祖父康熙帝在叫他的名字，就跑到窗前观看，见康熙帝正乘坐着御舟驶向自己的书斋，是准备邀他一同再去钓鱼的。懂事的弘历见状，急忙

裕陵隆恩殿

裕陵隆恩殿与孝陵、景陵相同，重檐歇山顶，面阔五间，是供奉乾隆皇帝及其后妃神牌和举行祭祀的主要场所。其东暖阁设为佛堂，这和其他各陵不同。

奔出室外，沿着曲折的山路向湖边跑去，待康熙帝一把将弘历揽入怀中时便急切地说："慢点，慢点，如果有点闪失可怎么办，有点闪失可怎么办？"当时慈祖爱怜孝孙的心态可见一斑。还有一次，康熙帝带领弘历到"观莲所"观赏荷花，面对十分怡人的莲花湖景，康熙帝问弘历是否会背诵《爱莲说》，弘历便一字不差地朗诵出来。对此，康熙帝大为赞赏，立即挥毫泼墨写下长短两个条幅准备送给他，并故意询问弘历是否喜欢他的字，早就钦慕祖父康熙帝那舞龙飞鸾似的墨迹的弘历当即展开随身携带的扇子，请皇祖父为他题字。康熙帝为孙子弘历的机灵懂事更加兴奋，随即又欣然为他题诗一首，和两个条幅一并赐给了弘历。像这类体现祖孙情深的日常小事屡见不鲜，这是康熙帝其他百十个孙子所难以企及的。

康熙帝逾格恩宠弘历，对其思想、性格、兴趣，乃至后来在治政、理事等方面都有很大影响。当然，也使弘历对祖父康熙帝更加依恋，以至于在选择自己逝后的万年吉地上都充分显露出来。不过，有着浓厚恋祖情结的乾隆皇帝在确定把胜水峪作为自己的陵地时，也许没有想到会在1928年遭到一大劫难。关于军阀孙殿英炸掘乾隆皇帝裕陵的事，留待后面章节详述。

乾隆皇帝因依恋祖父康熙帝而确定在东陵建筑自己的奢华陵寝。他在选择胜水峪作为自己万年吉地时曾有过一道谕旨，在解释自己选择东陵作为自己葬所的同时，也对子孙后代逝后的居所做了安排，而这道谕旨无意中让他的一些子孙逃过了被炸陵的劫难。在那道谕旨中，他说：

若嗣皇帝（嘉庆）及孙曾辈因朕吉地在东择建，则又与泰陵疏隔，亦非似续相继之义。嗣皇帝万年吉地自应于西陵界内卜择。著各该衙门即遵照此旨，在泰陵附近地方，敬谨选建。至朕孙继承统绪里，其吉地又当建在东陵界内。我朝景运庞鸿，庆延瓜瓞，承承继继，各依昭穆次序，迭分东西，一脉相连，不致递推递远。且遵化、易州两处，山川深邃，灵秀所钟，其中吉

裕陵地宫内景

　　裕陵地宫最后一道金券内设有石制的须弥座形的棺床，棺床正中安设乾隆的梓宫，左右为孝贤、孝仪两位皇后以及慧贤、哲悯、淑嘉皇贵妃的棺椁。

地甚多，亦可不必于他处另为选择，有妨小民田产，实为万世良法，我子孙惟当恪遵朕旨，溯源笃本，衍庆延禧，亿万斯年，相承勿替。此则我大清无疆之福也。

　　乾隆皇帝在这道谕旨中不仅规定后人从此不得另选陵址，还制定了"昭穆之制"的万年良法。然而，仅仅隔了嘉庆一朝，乾隆皇帝的孙子道光皇帝就以东陵宝华峪陵寝渗水为借口，首先破坏了他指定的"昭穆之制"，这让乾隆帝知道了该发怎样的雷霆之怒呢？

◎ 无奈的选择

自嘉庆二十五年（1820年）七月二十五日嘉庆皇帝猝死在承德避暑山庄烟波致爽殿之后，仅仅40年光景，在同一地点，清朝入关后的第七位皇帝咸丰也撒手西去了。这位世称"战乱皇帝"的咸丰，对于自己万年之后陵地的选择是无可奈何的。当然，按乾隆帝所定"昭穆之制"，咸丰皇帝是应该入葬清西陵的，可是由于其父亲道光皇帝首破祖制拆东建西，咸丰皇帝只好在清东陵境内卜选陵址，且因陋就简地选用了道光皇帝宝华峪陵寝的废弃材料。这真是生前力图中兴却因缺乏雄才大略而自陷尴尬境地，死后本应循制只为先父拆东建西而又无奈入东陵。

年仅31岁就崩逝的咸丰皇帝的定陵，在清东陵最西端的平安峪，其建制既有对祖陵宪制的继承，又有迥异于祖陵孝陵的许多特点，可以说是清帝陵中一座承前启后的帝王陵寝。定陵所有建筑都贯穿在一条长达3658.55米的神道上，建筑结构显得十分紧凑而流畅，克服了其祖陵那种格局疏散的缺点。

神道最南端与顺治皇帝的孝陵神道相衔接，依次建有五孔平桥、一孔涵洞各一座，神道向北拐弯处有一人工案山，正北是一座五孔神路桥，桥洞石券脸上设有吸水兽，桥的两侧还各有一座豆渣石料砌成的五孔平桥，五孔桥以北有石望柱一对，还有狮、象、马、武将、文臣的石像生，再往北是牌楼、下马碑、神道碑亭，亭内建一水盘，上为龙跌驮石碑，碑身正面是刻有满汉蒙3种文字的碑文，即"文宗协天翊运执中垂谟懋德振武圣孝渊恭端仁宽敏显皇帝之陵"。

碑亭之北建有三路三孔石桥，桥北为东西朝房，其他诸如隆恩门、燎炉、配殿、隆恩殿、陵寝门、石祭台、方城、明楼、宝城、宝顶均循照旧制顺序排列，只有地宫宝顶改变了金券顶上覆琉璃瓦，再用三合土夯实的祖制，而是在金券石券上用灌浆法，垒成庑殿蓑衣顶，再用三合土夯成长圆形

清定陵牌楼门

定陵牌楼门为五间六柱五楼，每根石柱的根部都用抱鼓石倚戗，十分稳固。

的宝顶，这一点显然有别于祖陵。再就是遵照道光皇帝修建慕陵时所定其后陵寝不得建神功圣德碑的制度，咸丰皇帝的定陵也裁撤这一建制，且一并撤掉了二柱门。如此，定陵就完全成了清帝陵中的一则特例。

其实，早在道光三十年（1850年），年仅20岁的年轻皇帝咸丰就首先选派定郡王载铨、工部右侍郎兼军机大臣彭蕴章，以及总管内务府大臣、署刑部侍郎基溥等人在东、西陵两处地方选择陵地，还特别降旨调派精通风水术的江西巡抚陆应谷赴京协助，经过这些人精心选勘比较，最后择选五六处吉地以供咸丰皇帝自己确定。咸丰皇帝阅览奏折后，又于第二年派载铨、陆应谷和大学士裕诚、礼部尚书奕湘再对上述几地进行筛选。他们遵照咸丰皇帝的旨意悉心堪舆，首先放弃西陵境内吉地，择定东陵区平安峪、成子峪和辅君山3处吉地，供咸丰皇帝最后裁定。咸丰二年（1852年）九月十五、十六日，咸丰皇帝带领一大批朝廷要员和御风鉴人员亲自对3处吉地进行查视。在基本钟情于平安峪后，又让已升任为总管内务府大臣的陆应谷详加堪舆此地，当得到平安峪确实是"真龙真穴"、可以做万年吉地的奏报后，咸丰皇帝便没有提出异议，但是却一直拖延到咸丰八年（1858年）八月才最终确定。

清定陵神道碑亭

又称小碑楼，重檐歇山式，黄琉璃瓦顶，四面各有一个拱券门。

陵地确定后，咸丰皇帝选派得力人员诸如怡亲王载垣，郑亲王端华，大学士彭蕴章，协办大学士、尚书柏俊、尚书瑞麟、全庆，以及侍郎基溥尽心办理陵寝事宜。可是不久因戊午科场作弊案柏俊被杀一事，陵寝一度延迟了修建工期。后来，又因西方列强入侵和慈禧太后发动"祺祥政变"，致使修陵大臣载垣、端华被赐自尽，定陵工程一拖再拖。直到同治皇帝即位后才又添派大学士周祖培、吏部尚书全庆等加紧定陵的陵寝修造事务。对于定陵的规制，咸丰皇帝生前曾有粗略交代，鉴于父亲道光皇帝拆毁宝华峪陵寝所遗石料之故，力求效仿原宝华峪形制以便就近使用那些旧料。虽然定陵建制如此简约，但历时7年半之久才竣工的定陵工程，除了使用宝华峪陵地旧料外，还直接由工部领取了许多材料，共花费313.4547万两白银，可见所花费用之巨。咸丰皇帝"因陋就简"使用宝华峪废陵材料修建的定陵，因为力图恢复祖制陵寝模式，所以未能仿造慕陵规制，这在咸丰皇帝崩逝后不久就有人提出了非议。

对咸丰皇帝的非议，以及他在国家遭受严重内忧外患情况下，不是励精图治，抵御侵略、平息内乱，而是采取了"破罐破摔"的消极做法，致使清王朝一度陷入空前困境。如咸丰皇帝在战乱年代就有妃嫔19人之多，即便在太平天国运动如火如荼之际，他依然下令在全国范围内挑选秀女。后来，咸丰皇帝还嫌弃自己后宫中的妃嫔都是满洲人，执意要选一些汉族女子入宫以供召幸。为了肆无忌惮地荒淫享乐，咸丰皇帝在每年新春过后就移驻圆明园，一直住到十月初冬才返回紫禁城。在圆明园期间，咸丰皇帝让手下人到江浙一带用重金购置妙丽女子，以打更巡逻值班的名义留在园中，每到夜晚他就随意召幸这些人。特别是传说中的"四春"，即杏花春、武陵春、牡丹春、海棠春，就是有着特殊美貌的汉女。这4人整天将咸丰皇帝迷得浑身醉麻。更有甚者，咸丰皇帝还对戏伶演员及年轻寡妇也喜而临幸。《清宫遗闻》中记载：

信手指点马兰峪

其时有雏伶朱莲芬者，貌为诸伶冠。善昆曲，歌喉娇脆无比，且能作小诗，工楷法，文宗嬖之，不时传召。

还有一位"色颇姝丽，足尤纤小，仅及三寸"的山西寡妇曹氏，咸丰皇帝最为眷宠，简直成了他在圆明园里的"准皇后"。这位整天过着花天酒地生活的咸丰皇帝，由于纵欲过度而使身体日渐衰弱，乃至临朝听政时常常因为站立不住而提前退朝。后来，御医诊断说，饮用鹿血可以治病，还能起到一种补肾壮阳的作用。于是，咸丰皇帝在圆明园里豢养了百十只鹿，以供宰杀取血饮用，就连他

清定陵隆恩门

隆恩门是陵区前后的分界线。隆恩门面阔五间，进深二间。

到热河逃避战祸时，还恋恋不舍地"率鹿以行"。由此可见，咸丰皇帝已经庸败腐化到了何种地步？

当然，每一个朝代的衰亡，都有其主宰者自身意志能力衰亡的催化；而挽救一个即将崩溃的王朝，更需要有一代伟人共同来挽救。而纵观清朝入关第七位皇帝咸丰的悲剧人生，除了社会和历史的客观原因外，人们是否还应该从其自身找些主观原因呢？

◎ 何苦生于帝王家

同治十三年十二月甲戌日（1875年1月12日）下午，清朝定鼎中原的第八位皇帝爱新觉罗·载淳崩逝在紫禁城养心殿的东暖阁里。关于年仅19岁的同治皇帝在风华正茂的妙年就一命呜呼的原因，世人没有像对待康熙、雍正、嘉庆那样有许多异议和臆断，都一致认为同治皇帝是病死的。但是，身强力壮的同治皇帝到底得了什么急病而毙命呢？对此，世间流传最广的就是同治皇帝患有一种羞于启齿的"梅毒"而殇命，也有人说他是得了天花病死的。如此，关于同治皇帝的死因就成了世人争论的焦点。不过，无论同治皇帝是因何病而死，都可以说与其母亲慈禧太后有着一定的关联。权力欲极盛的慈禧太后，执掌中国政权达半个世纪之久，对于同治、光绪两朝皇帝简直是玩弄于股掌中，特别是对自己的亲生儿子同治皇帝，更是让他没有一点自主权力。作为咸丰皇帝唯一合法继承人的爱新觉罗·载淳，在成为同治皇帝后，名为一朝天子，实则是太和殿里的一件摆设或皇权的傀儡，这就让人不忍揣测他那尴尬的处境了。

说同治皇帝是一种摆设或傀儡，主要可以从他生前执政和死后选择葬所来证明。如此，不妨以笔做桨划动时光航船驶向咸丰十一年（1861年）的河道。这一年，咸丰皇帝崩逝在避暑山庄后，慈禧和慈安两位太后联合恭亲王发动

"祺祥政变"。在剪除咸丰皇帝临终安排的8位顾命大臣的同时，他们也对嗣继皇位和政体结构做了精心安排。于是，年仅6岁的同治皇帝不得不"请"两宫太后"垂帘听政"。

皇后听政，史书上早有记载，而采用"垂帘"方式似乎始于晋代。《合璧事类》记载：

晋康帝崩，穆宗即位，时年二岁。皇太后设白纱屏于太极殿，抱帝临轩。

到了唐高宗时，武则天则明确采取了垂帘听政的方式。《旧唐书》记述：

时帝风疹不能听政，政事皆决于天后。自诛上官仪（西台侍郎）后，上每视朝，天后垂帘于御座后，政事大小皆预问之，内外称为"二圣"。

而晚清时期，两宫太后采取这种"垂帘听政"的方式，也就无可厚非了。两宫太后垂帘听政，小皇帝同治自然成为金龙御榻上的摆设。只是到了同治十一年（1872年）同治皇帝已经成长为17岁少年，也该选亲成婚面临亲政了。这对于已经实际掌权11年之久的慈禧太后来说，实在不是一件应该高兴的事，因为她从26岁守寡迄今正是政治经验成熟的黄金时期，她从内心是不想撤帘归政的，但是祖制不可违。于是，精明的慈禧太后面对儿子同治皇帝即将亲政的局势，采取了干涉其婚姻以便达到再操权柄的目的，这种伎俩在后来的光绪朝也曾使用过。不过，也正是因为如此，同治皇帝与其母亲慈禧太后产生了嫌隙。

经过筛选，同治皇帝的择亲仪式终于在同治十一年（1872年）二月初三日举行了。满族靓女们经过几轮筛选，终于有5人闯入"决赛圈"，当然这5人也都是中选者，只是皇后和妃嫔的位置如何归属而已。对此，慈禧太后犯了

养心殿垂帘听政处

养心殿前殿东暖阁，内设宝座，朝西，这里曾经是慈禧、慈安两太后垂帘听政处。

一个致命错误，那就是不让同治皇帝自由选择，一心想全权代理甚至包办同治皇帝的婚姻，这岂能让年轻皇帝同治甘心。

当时5名候选人中，慈禧太后偏向员外郎凤秀之女富察氏主占中宫，而慈安太后与同治皇帝都想立户部尚书崇绮的女儿阿鲁特氏为皇后。二比一，遂决定阿鲁特氏为皇后，慈禧太后看中的富察氏为慧妃，其余3人分别是珣嫔阿鲁特氏、瑜嫔赫舍里氏和贵人西林觉罗氏。同治皇帝大婚礼成，就该正式亲政了。对此，慈禧太后心里特别不是滋味，可又无可奈何。于是，由于至高无上权力的丧失，慈禧太后处处都感到儿子同治皇帝不顺眼，再加上在干涉儿子婚姻问题上的挫败，她就更是与同治皇帝及儿媳阿鲁特氏不和睦了。慈禧太后对与自己性格、兴趣都不相投的皇后阿鲁特氏很看不惯，再加上同治皇帝偏偏又非常宠爱阿鲁特氏，几乎天天与她同食同寝，而从不临幸慧妃富察氏，这就使慈禧太后十分不满。于是，慈禧太后告诫同治皇帝减少与阿鲁特氏交欢，并强迫儿子多爱怜慧妃富察氏。让热恋中的年轻皇帝同治移情别恋，那无疑是玩火自焚，同治皇帝一气之下开始每天独居乾清宫，谁

皇帝大婚洞房坤宁宫东暖阁

紫禁城坤宁宫在清顺治时期改建后为萨满教祭神的主要场所。康熙皇帝大婚时，太皇太后指定大婚在坤宁宫行合卺礼。同治皇帝、光绪皇帝大婚也都是在坤宁宫举行的。

也不临幸了。

初尝男女之欢的年轻皇帝同治,一下子被迫中断了与心上人的相亲相恋,内心的苦闷烦躁是可想而知的。恰巧,入值同治皇帝读书的尚书房里有一个翰林侍读叫王庆祺,非常善于讨皇上欢心,屡屡从宫外带进一些"秘戏图",也就是现今称之为黄色图画之类的淫秽物品,如此一来就使年轻的同治皇帝陷入"黄潭"不能自拔了。投其所好的太监们,纷纷怂恿同治皇帝到宫廷外的京城里去游幸。自此,同治皇帝常自称是江西贡生陈某人,到京城一些烟花柳巷游冶巡幸。时日不久,京城里许多名楼名妓都对这位出手异常阔绰的陈贡生十分熟悉,虽然猜测不出他的底细,但都懂得竭尽女性之能事讨好这位英俊少年,以图多挣点银钱珠宝。不料,一日同治皇帝在烟花巷宿眠嫖妓后到酒店餐饮时,遇到了同来嫖妓的兵部尚书毛昶熙,同治皇帝朝他微笑点头以示招呼,吓得毛昶熙颜色更变,汗水唰地就沁满了脑门,急忙逃离酒店后,专门指派步军统领带人暗中保护皇帝。对此,同治皇帝十分不满,认为毛昶熙多管闲事,在私下里责备他之后,就不得不采取另一种游幸玩法,那就是尽量避开也爱嫖妓的王公大臣,专门到那些偏僻的烟花小巷里的下等妓馆去嫖妓。关于同治皇帝微服外出巡幸之事,不仅在野史中多有记载,就是官方史料和帝师李鸿藻在日记中也有涉猎。正是因为有这一难言之事,才导致有同治皇帝病死于梅毒之说。如果真要追究起根源责任来,慈禧太后是否有横加干涉同治皇帝婚姻之过呢?

不过,中国历史上向来有"为尊者讳"的传统,所以关于同治皇帝的死因,皇家史料上多持天花病死之说。诸如,同治十三年(1874年)十月三十日下午,李德立与庄守和两位御医为同治皇帝请脉时说:"脉息浮数而细。系风瘟闭束,阳气不足,不能外透之症。以致发热头眩,胸满烦闷,身酸腿软,皮肤发出疹形未透,有时气堵作厥。"这种诊断与天花初期症状比较相符,而第二天再诊时就断定是天花无疑了。又如,帝师翁同龢在十一月初二日的日记中写道:

孝哲毅皇后阿鲁特氏

孝哲毅皇后阿鲁特氏（1854—1875年），同治帝的皇后，蒙古正蓝旗人（后抬入满洲镶黄旗），加封三等承恩公、户部尚书崇绮之女，大学士赛尚阿之孙女。

闻传蟒袍补褂，圣躬有天花之喜。

更有徐立亭先生在清帝列传《咸丰·同治帝》一书中引出天花病变加速同治皇帝病死一说来做佐证：

天花患者需要保持室内一定温度，最怕受风着凉患感冒。同治帝恰恰在

第九天（十一月初八日）"微感风凉"……从此以后，病情日益恶化，引起了许多并发症，有浮肿症、失眠多梦症、气喘胀痛症、遗精、尿血等病。……十一月二十三日，在臀肉左右发现两处溃孔流脓。病情严重，使御医深感不安。十二月初一日，又发生了走马牙疳，上唇肿木，腮紫肿，牙龈黑臭。吃饭困难，睡不着觉，耗伤气血。

于是，"同治皇帝元气脱败，崩逝了"。不过，从那位持天花说的帝师翁同龢所记同治皇帝的病情中，人们又不难断定同治皇帝确实是死于梅毒，因为在帝师日记中记录同治皇帝的病症是典型的梅毒病。如在其日记中写道：

十一月初八日。诸臣前去看望同治皇帝，见他偃卧向外，花极稠密，目光微露。十一月初九日，吾与军机大臣、御前大臣们又去看望同治帝，见其头、面皆是灌浆饱满的痘粒。皇帝举起胳臂，显示痘颗出得很齐足。十一月二十五日，又与诸臣看望同治帝，见御医揭膏药挤脓，脓已半盅，色白，比前稍稠而气腥。漫肿一片，腰以下皆平，色微紫，视之可骇。十二月初五日，内监、吾与御前大臣急见，同治已闭目归天了。

从这段日记记载的同治皇帝病状不难看出，此实乃梅毒病之典型。再联系到同治皇帝专门巡幸下三流妓馆的史实，不染上这种性病那才是不可思议的事呢。

另外，患有梅毒病症者初好时，最忌过性生活，而天嘏在《满清外史》中恰有这样的内容：

载淳之寝疾也，疾稍愈矣。一日，忽欲往凤秀女宫中（慧妃）。以语阿鲁特氏。阿鲁特氏不可。载淳固求之，至长跪不起。阿鲁特氏不得已，乃钤玺传谕。载淳始欣然往。次晨，遽变病，召御医入视，疾已不可为矣。阿鲁特氏颇自悔。

如此，导致同治皇帝梅毒病再发时就已无可救药了。

同治皇帝崩逝3个多月后，慈禧太后才派恭亲王和御风鉴张元益、高士龙等人到东西陵境内勘选陵址。其实，按照乾隆皇帝规定的"昭穆之制"，同治皇帝的父皇咸丰皇帝已经埋葬在了清东陵，同治皇帝毫无异议地应该在清西陵境内安葬，而慈禧太后却不顾祖制也不顾丈夫咸丰皇帝力图恢复祖制的心态，最后硬是为儿子同治皇帝选定了清东陵境

清惠陵全景图

惠陵建筑规制依照定陵，除未建圣德神功碑亭和二柱门外，又裁了石像生和接主神道的神路。

内的双山峪，并赞美说双山峪为"亿万年绵长之兆，是真上吉之地"。

其实，在双山峪建造的同治皇帝的惠陵，是清东陵境内最逊色的一座帝陵，不论是建筑规制，还是建筑设计，都远远不如其他帝陵。唯一特别之处就是主体建筑用料多为名贵的珍稀楠木，所以惠陵的梁、柱、枋、椽虽经多年风雨剥蚀，迄今仍坚固无损。只是，同治皇帝及其皇后阿鲁特氏生前受到慈禧太后的压抑摧残，死后入葬也仅仅几十年的光景，就于1945年被盗陵的土匪掘墓了。特别是善良贤淑的阿鲁特氏皇后，因世人怀疑是被慈禧太后迫害吞金而死，所以丧心病狂的匪徒竟然扒光这位皇后的衣服，将尸体剖开寻找那块黄金，其行为疑非人类所为！

如有来生，同治皇帝是否还想生于帝王家呢？

◎ 两个女人的生死较量

慈安暴亡是清宫秘史中的一大悬案，而这一悬案又不得不牵扯到她的"好姐妹"、晚清历史上一个名声昭著的女人——慈禧太后。

关于慈禧太后，海内外文艺影视作品中多有反映，在这里实在没有必要进行过多的赘述。不过，关于她与丈夫原配皇后钮祜禄氏（后来的慈安皇太后）之间的纠葛，恐怕就是许多人所不清楚的了。纠葛，源自慈禧太后那争强好胜的性格和对权力的无比热爱，当然更离不开她习惯于耍弄阴谋诡计。这么形容慈禧太后，没有故意贬低她的意思，因为她的这些品格致使她与许多人产生纠葛，以至于围绕她发生了一系列惊险的政治和权力斗争，她与慈安太后的生死较量就是其中最耐人寻味的一幕。其实，慈禧太后本不是慈安太后的对手，只是她的阴谋诡计使慈安太后自动放弃了抵抗——烧毁咸丰皇帝亲手交给她的密谕。

关于那道密谕，应该从咸丰皇帝到热河躲避战祸说起。那是咸丰十一年

（1861年）英法联军攻陷北京城时，咸丰皇帝逃往热河避暑山庄，不料却在此一病不起。咸丰皇帝自知命不长久，所以在临终前对皇权进行了精心安排。那就是，命肃顺等顾命八大臣辅佐年仅6岁的皇太子载淳（即同治皇帝）登基即位，并暂襄一切政务。同时，为了防范皇权旁落，咸丰皇帝还规定今后下达诏谕必须以"御赏"和"同道堂"两颗印玺为信符，并规定"御赏"章为印起，"同道堂"章为印讫。作为最高皇权象征的这两枚印章，咸丰皇帝把它们分别赐给了皇后钮祜禄氏和皇太子载淳。当咸丰皇帝安排好这些之后，他想起了皇后的善良和忠厚，也想到了懿贵妃（后来的慈禧皇太后）的阴险和狡诈，于是他在弥留之际又将皇后钮祜禄氏单独召到御榻前，亲手交给她一道密谕，以防不测。在这道密谕中，咸丰皇帝写道：

"同道堂""御赏"印

  同道堂是紫禁城西六宫之一咸福宫的后殿，英法联军进攻北京前夕，咸丰帝曾在此殿决定赴避暑山庄。咸丰去世前，将"同道堂""御赏"玺分别赐予6岁的皇太子载淳及皇后钮祜禄氏。顾命大臣所拟上谕必须加盖这两方印章才能奏效。后来"同道堂"玺为载淳的生母慈禧太后掌握。

咸丰十一年三月五日初五日谕皇后：朕忧劳国事，致撄痼疾，自知大限将至，不得不弃天下臣民，幸而有子，皇祚不绝；虽冲龄继位，自有忠荩顾命大臣，尽心辅助，朕可无忧。所以不能释然者，懿贵妃既生皇子，异日母以子贵，自不能不尊为太后；惟朕实不能深信此人。此后如能安分守法而已，否则，著尔出示此诏，命廷臣除之，凡我臣子，奉此诏如奉朕前，凛尊无违，钦此。

从以上密谕可以看出，咸丰皇帝对皇后钮祜禄氏无比恩爱和寄予厚望，而对懿贵妃十分不信任和防范。不过，晚清的历史却没有按照咸丰皇帝的设计写下去，后人看到的则是一种完全相反的结局，那就是顾命八大臣在"辛酉政变"中一败涂地，慈安太后后来也不明不白地暴亡在紫禁城中。

其实，因慈安太后的忠厚和慈禧太后的精明，她们两人曾经相处得还算融洽，特别是在与顾命八大臣进行命运决战时，如果没有慈安太后的加盟，慈禧太后是无论如何也斗不过顾命八大臣的。解决了顾命八大臣之后，慈安和慈禧这两个女人便并肩坐在一席帘子的后面，开始行使决定那时中国命运的权力。然而，同在帘子后面行使皇权，却因为慈安是从正牌皇后当的太后，而且行为办事深得朝臣们敬重，而慈禧由皇贵妃越升为太后是沾了儿子当皇帝的光，再加上她平时的阴险和骄横跋扈，所以人心基本上偏向慈安太后。这岂是对权力无限痴迷的慈禧太后所能容忍的，但她心里非常明白自己的处境和能力，特别是慈安太后手中的撒手锏，随时都可以置她于死地。精明的慈禧太后，早已领教过它的厉害，如在自己的心腹太监安德海被诛杀，在自己儿子同治皇帝大婚时的皇后选择上，特别是在光绪六年（1880年）春天她们共同到清东陵祭祖时自己当众被辱等，都是慈禧太后争强好胜却败北的教训。

为了彻底击垮慈安太后，慈禧太后决定采取隐忍不发的策略，准备等待时机一击成功。于是，慈禧太后装着"不计前嫌"，总是对慈安太后有说有笑，百般殷勤奉迎。而慈安太后本是厚道之人，望着眼前这位"好妹妹"的宽容大度，也常为自己诛杀安德海和在清东陵当众斥责慈禧太后而心怀歉意，就有意与她亲近。恰巧在这个时候慈安太后身患感冒，慈禧太后得知后，亲自选派御医前往诊治，还不时前往慈安太后病榻前端汤递药。一日，慈安太后感觉精神清爽，就到慈禧太后宫中去道谢，进门却见慈禧太后一脸痛苦相，一只胳膊还用绷带吊着。慈安太后就惊奇地问道："妹妹，这是怎么啦？"慈禧太后故作惊讶而又掩饰地说："没什么，没什么。"慈安太后越发感到奇怪，一定要慈禧太后说出事情的原委，慈禧太后就是不肯讲。这时，只听慈禧太后的大太监李莲英上前回奏道："我家太后得知慈安太后患病不愈，听说用亲人身上的肉入汤可得速愈，

慈安皇太后像

慈安皇太后（1837—1881年），即咸丰帝孝贞显皇后，钮祜禄氏，满洲镶黄旗人。咸丰十一年（1861年）同治帝载淳继位后，以嫡母身份被尊为"母后皇太后"，上徽号"慈安"。

慈安陵隆恩殿

慈安陵为清东陵的普祥峪定东陵，与之并排的是慈禧陵菩陀峪定东陵。

就忍痛割下，让奴才熬汤送给了慈安太后……"李莲英刚说到这儿，就被慈禧太后假意喝住。闻听这话，慈安太后的心灵受到极大震撼，她几步向前拉住慈禧太后的手，热泪唰唰地落了下来。而慈禧太后却也眼含热泪说道："这大清天下全依仗姐姐，只要姐姐身体安泰，让妹妹再割下几斤肉也心甘情愿……"说罢，两个女人抱在一起，热泪奔流。

第二天，慈禧太后又来到慈安太后宫中回拜，慈安太后对她自然是无比亲近。两人坐在一起开始闲聊，越聊越投机，越唠越亲切，慈安太后头脑一热，竟将咸丰皇帝给她的密诏取出，对慈禧太后说："这些年我们姐妹相处融洽，彼此尊重，没有什么不快的事情。先帝爷留诏于我，想来当年是被肃顺那伙人给骗了。这么多年都过去了，我还留它做什么？今天当面让妹妹验看了，就焚毁了罢。从今以后我与妹妹决无二心，共同辅佐大清皇帝。"说罢，慈安太后便把密诏当场焚烧成灰。慈禧太后知道这是慈安太后希望与自己永远修好，而慈安太后却不知这是慈禧太后的计谋。于是，慈安太后这一鲁莽举动，不仅决定了她自己的命运将以悲剧的形式了结，也决定了整个大清王朝的不幸。

慈禧太后见慈安太后已自动放弃手中的"撒手锏"，自己隐忍多年的性格开始张扬，并对最高皇权有了觊觎之心。于是，她在等待时机的同时，开始进一步思谋。机会终于来了。光绪七年（1881年）三月初九日，慈安太后微患感冒，在服过御医所开之药后，顿觉好了一半，第二天午觉过后就几

建造中的慈禧陵隆恩殿

此照片拍摄于1902年4月，当时的德国驻华公使穆默拍摄。建造中的菩陀峪定东陵慈禧太后的隆恩殿被彩色板子遮盖，里面在施工。

近痊愈了。于是，宫女们陪侍着慈安太后到院中去观赏金鱼，这时有太监走来问道："西边送来的食物，是否留下？"慈安太后平时最喜欢吃一些闲食，午睡起来正好需要，就命太监打开食盒，见精致的大瓷盘内盛着几块玫瑰色小饼，不由得拈起一块吃。不料，慈安太后吃了之后，便感到头疼恶心，接着手脚也开始抽搐，当日傍晚就暴亡了。

慈安太后薨逝后，于光绪七年（1881年）九月十七日埋葬在清东陵界内普祥峪定东陵的地宫里，与她的陵寝并列而置的是后来埋葬慈禧太后的菩陀峪定东陵陵寝。两座陵寝本没有什么可说的，可是由于东太后慈安埋葬在西，而西太后慈禧却埋葬在东，这种看似不合情理的葬制，让人们不由得议论纷纷。说法有两种：一是争强好胜的慈禧太后早就看中了东太后慈安的那块风水宝地，东太后活着的时候，她不敢声张，而等慈安太后薨逝，她便不再顾及祖制，竟把东太后埋葬在了西边，而把东边的风水宝地留给了自己。另一种说法是，慈禧太后相中东边那块风水宝地后，慑于祖宗家法一直不敢开口和慈安太后相争。后来，工于心计的慈禧太后和慈安太后下棋时，以玩笑的方式赌赢了慈安太后的那块风水宝地。于是，慈安太后薨逝后便葬入了西边的陵寝地。当然，民间传说毕竟不是史实，但关于这种似乎不合情理的葬制，倒是清东陵中一个有趣的谜题。

紫荆岭的魅力

藏秀于河北省易县紫荆岭间的中国最后一处帝王陵墓群——清西陵，是遍布神州大地诸多帝王陵墓中保存最完整、规模最恢宏、时间最迫近、蕴含最深邃的一处。在这占地800余平方千米的陵墓区内，埋葬着中国数千年封建社会历史上最后一个王朝——清爱新觉罗皇室家族成员76人。为使逝者安魂，几代人历时186年为他们修建了14座陵寝。其中，皇帝陵4座，皇后陵3座，妃嫔及阿哥、格格们的园陵7座。另外，还有一处未能建成帝陵的末代皇帝溥仪的墓地，存在于那里的一家私人园陵中。在这处地面建筑宫殿1000余间、占地5万多平方米的帝王陵墓群里，埋葬的不仅是76具高贵的皇族人员的遗体，还有清宫秘史中最隐秘的谜团和形形色色被权力扭曲了的人性。神秘的才是最诱人的，诱人的也才是最具有魅力的。如此，不妨走进紫荆岭，去探寻无法言喻的神秘魅力。

◎ 历来改革多是非

雍正七年（1729年）三月的一天，一队人马驰出紫禁城，来到直隶易州府（今河北省易县）境内的泰宁山下，不由被这一派既有江南水乡之清秀，又兼北国雄峰之奇伟的景致给迷住了。半晌，一位饱学端行的老者首先缓过神来，急忙从侍从的背囊里取出一只罗盘，领着众人对四周山水的阴阳、五行、八卦、觅龙、察砂、点穴、观水、取向……——测算起来。他一边走，一边在心里默记下这一带山川河流的名称，就连一些不起眼的沟坎渠壑也都掌握得

明清皇陵传奇
MINGQING HUANGLING CHUANQI

一清二楚。这时，紧随其后一位身着华丽服饰的中年人问道："先生，如何？"老者含笑颔首："真乃我主洪福齐天，此实为乾坤聚秀之区，为阴阳和会之所，龙穴砂水，无美不收，形势理气，诸吉咸备，真上上之吉壤也。"言毕，一行人又急驰而回。原来，他们是来为当朝皇帝雍正遴选陵寝吉地的人，华服中年人即是皇上的宠弟怡亲王允祥，饱学老者乃是时任福建总督的著名堪舆大师高其倬。说到高其倬，不能不提及他的风水术。这位撰有《堪舆家言》（四卷）的方家术士，通晓天文地理，更专风水堪舆，曾到东北盛京（今辽宁沈阳）考察过清太祖努尔哈赤的福陵，颇受雍正皇帝宠信。

清西陵大红门

清西陵位于河北省易县的泰宁山下，雍正帝的泰陵是祖陵，其大红门为单檐庑殿顶，两侧有宽厚高大的风水围墙把分布在广阔的丘陵沃野之中的陵寝建筑包容其中。

允祥与高其倬勘察得易县泰宁山天平峪万年吉地后，十分欣喜，回到京城就写了一份奏章，竭力向雍正皇帝推荐。雍正皇帝看完奏折后也龙颜大悦，认为"山脉水法，条理详明，洵为上吉之壤"。可自从顺治皇帝在遵化马兰峪开辟清军入关以来第一处皇陵祖地之后，康熙大帝随后也埋葬在那里，如果雍正皇帝在泰宁山建陵，显然与"子随父葬，祖辈衍继"的"兆葬之制"不相符合。于是，雍正皇帝说，此地虽美，可距父亲的景陵和祖父的孝陵"相去数百里，朕心不忍"，且"恐与古帝王规制典礼不合"。颇能理解雍正皇帝倾心于另辟陵区心理的大臣们，便从浩繁的史籍中引经据典，来证明历代帝王父子的陵墓可以不在一地。大臣们奏曰：

臣等按帝王世纪及通志、通考诸书，历代帝王营建陵寝之所，如夏禹在浙江之会稽，自启以后在山西之夏县，少康则在河南之太康，彼此相间岂止千里……到汉唐诸帝均在陕西，可汉高帝、文帝、景帝、武帝之陵又分别在咸阳、长安、高陵和兴平等地；唐高祖、太宗、高宗、玄宗也分于三原、礼泉、乾州、蒲城诸地，其间相距远的四五百里，近者亦二三百里。今泰宁山天平峪万年吉地，虽与孝陵、景陵相距百里，然易州、遵化均与京师密迩，且同居畿辅，并列神州，其地实未为遥远。

如此，在易州建陵并没有与古制不合的说法。为了进一步为雍正皇帝遮"羞"，大臣们还把选择陵址上升到关乎国家繁荣昌盛的前途命运高度来劝谏："地脉之呈祥，关乎天运之发祥，历数千百里蟠结之福区，开亿万斯年之厚泽。"这样，雍正皇帝才"朕心始安"，决定在易县泰宁山天平峪建造自己的陵寝。

随后，雍正皇帝选派恒亲王兼内务府大臣常明和郎中苏尔泰等人先后总理、监理陵寝事务，并把采办陵工所需楠木等材料事宜交给有关部门一起筹

清泰陵圣德神功碑楼

圣德神功碑楼为重檐九脊歇山顶，上覆黄琉璃瓦，四面辟门。楼内有一对高大的石碑，碑身阴刻满、汉两种文字颂扬雍正皇帝的功德。

办，且动用国库正项粮款予以采买。于是，清西陵中第一座帝王陵寝——雍正皇帝的泰陵，终于在第二年八月十九，采穴动工了。这就开辟了清王朝继"关外三陵"和"清东陵"之后的第三片皇家陵区。

按说，自清军入关第一帝顺治皇帝福临在河北遵化马兰峪亲自抛掷玉扳指择定清朝第二处皇家陵园清东陵后，不仅他自己崩逝后葬在东陵孝陵地宫内，雍正皇帝的父亲康熙大帝也按照传统的"兆葬之制"葬入了东陵境内的景陵地宫，那么，雍正皇帝为什么要违背祖制，不与祖、父同葬一处，而在易县天平峪另辟陵地呢？

雍正皇帝另辟易州泰宁山天平峪为自己的万年吉地，与他生前诸多行为一样让人难以理解，而查

紫荆岭的魅力

阅史籍和听民间传说有3种说法。

一说是，康熙六十一年（1722年）康熙大帝卧病畅春园，皇四子和硕雍亲王胤禛（即雍正皇帝）送去一碗掺有毒药的人参汤害死父亲，并矫诏谋取了本该是皇十四子胤禵的帝位。于是，雍正皇帝害怕自己死后葬在东陵遭康熙大帝鬼魂"报复斥责"而得不到安宁，遂不得不远离父亲的东陵，到易州天平峪另辟陵地。

另一说是，雍正皇帝嫌弃东陵地界没有好风水，就另选西陵作为自己的万年吉地。史书记载：

清泰陵隆恩殿

隆恩殿面阔五间，进深三间，重檐歇山顶，上覆黄琉璃瓦，下檐重昂，上檐单翘。明柱沥粉贴金包裹，殿顶有旋子彩画，梁枋上装饰金线大点金，枋心彩画是"江山一统"和"普照乾坤"。

明清皇陵传奇

雍正四年（1726年），雍正皇帝派遣允祥、大学士张廷玉和工部、内务府官员办理山陵之事。开始时，雍正皇帝考虑到祖、父即顺治帝和康熙帝的陵寝都在河北遵化，他自然也应该在遵化马兰峪卜选陵址。于是，雍正五年（1727年）三四月间，允祥、总兵官李楠和钦天监监正明图带领一大批风水术士来到遵化昌瑞山堪舆陵址，并选择了九凤朝阳山，雍正皇帝对此很满意，随即就开始施工建陵。然而，当钦天监择定吉日良辰破土开槽时，第一镐刨下去却火星四溅，仅留下一个小小的白点，还震得抡镐之人虎口崩裂，血流不止。之后，连换数人，都毫无改变。为此，雍正皇帝不得不命堪舆大臣再

清泰陵方城明楼

明楼建在方城顶上，重檐歇山顶，内有圣号碑、须弥座，游龙浮雕，施有五彩，碑身以朱砂涂面，用满、汉、蒙3种文字刻着"世宗宪皇帝之陵"字样。

次相度，结果是土中含有砂石，不宜作为陵地。于是，雍正皇帝只好重新选择陵地。

还有一种说法是，有人认为雍正皇帝一生妄自尊大，一切以自己为中心，而在东陵地界建陵就应该按照辈次埋葬在孝陵和景陵侧面偏僻地位，不足以突出自己，所以才改筑陵寝于易州的天平峪。

不过，无论雍正皇帝是因为什么原因重新选择了陵地，都改变不了世人对他的评说，即便后世对其颂扬多于诋毁，恐怕两个半世纪以前就已经死去的他也是难以安魂了。因为雍正皇帝的泰陵从雍正八年（1730年）动工兴建到乾隆二年（1737年）竣工，历时8年之久，征用车船运输材料数万辆次，役使民工上千万人次，死亡人数不可计数，这不知给多少家庭带来灾难。何况，雍正皇帝在位13年间进行了大刀阔斧的政治体制改革，采取一系列严猛政策，改革朝廷弊政，还加大反腐的力度，严厉惩处了一大批贪官污吏。正因为如此，雍正皇帝生前虽然唯日孜孜，励精图治，堪称中国历史上最勤奋的帝王，依然没能逃脱是非评说的困扰。

当然，事事谨小慎微的人肯定不能投身到改革大潮中，更不会创造出一番骄人的世纪伟业。

◎ 魂断木兰

历史航船在风雨中行进到嘉庆二十五年（1820年），正值嘉庆皇帝末年钟响之际。可这钟声来得实在太突然了，不仅皇室臣僚们没有半点心理准备，就连嘉庆皇帝本人也始料不及。钟声骤鸣，宣告一朝终结，也掀开了新的历史纪元。然而，嘉庆皇帝这根支撑清王朝达25年的砥柱轰然倒下，让人实在难以接受。其猝死原本就疑窦丛生，再加上当时剑闪劈空，巨雷炸宇，更给这一突发惊事蒙上了一层神秘的雾纱。

嘉庆二十五年（1820年）七月十八日，嘉庆皇帝自圆明园启銮赴热河，二十四日到达避暑山庄。几天的行程中，嘉庆皇帝"虽年逾六旬"，开始时仍然是"登陟川原，不觉其劳"。只是到达避暑山庄的这一天，"偶感暍暑"，可他像往常一样处理了政务，只是到第二天傍晚病势却突然变得严重起来，到晚上八九点钟就在避暑山庄烟波致爽殿里驾崩了。关于这件事权威解释应该是中国第一历史档案馆所存清史档案《清仁宗睿皇帝实录》中的记载：

（七月二十五日）上不豫，皇次子智亲王旻宁、皇四子瑞亲王绵忻朝夕侍侧，上仍治事如常。响夕，上疾大渐。戌刻，上崩于避暑山庄行殿寝宫。

另外，对于嘉庆皇帝猝死的情况，在此后一些诏书中也有体现，如嘉庆皇帝死后第二天就登基当了皇帝的旻宁（即道光皇帝）发谕旨：

皇考大行皇帝……今巡幸滦阳，遽焉龙驭上宾，朕抢地呼天，攀号莫及。

3天后，嘉庆皇帝的孝和皇后也发懿旨：

我大行皇帝……本年举行秋狝大典，驻避暑山庄，突于二十五日戌刻龙驭上宾……但恐仓促之中，大行皇帝未及明喻……

从这些文字中不难看出，嘉庆皇帝从生病到崩逝整个过程不足一天时间，确实是猝亡。

在中国浩浩封建帝王群体中，嘉庆皇帝虽然不是艰苦创业的开拓者，也算不得扭转乾坤的风云主，但他在位25年勤于政务，躬率群僚，敦俭崇朴，禁贡戒奢，倡廉敬实，反浮除虚等，都是实实在在的功绩。按说这么一位力匡时弊、励精图治，身体又向来健壮的明君仁主，为什么就突然驾崩了呢？而关于其死因何以还有那么多的奇怪传闻呢？

《清仁宗实录》卷三百七十四记载：

此次跸途，偶感暍暑。昨仍策马渡广任岭，迨抵山庄觉痰气上壅，至夕益甚，恐弗克瘳。

确实，嘉庆二十五年（1820年）皇帝到木兰围场打猎时一开始就心情郁躁，前一段路程他始终闷坐在轿子里，感到暑热难耐。而等到出古北口后，嘉庆皇帝面对广仁岭丛林苍翠、峡谷深幽的景致，便兴致勃勃地在山岭上策马驰行，一天就走了70多里路程。这种剧烈运动，对于年逾六旬、体态肥胖的嘉庆皇帝来说，实在不轻松。当时的王公大臣们对嘉庆皇帝面无倦容的精神状态，还欣喜不已，可是他们都意识不到剧烈运动会给心脏、血压和肺脏都增加极大负荷。到达避暑山庄后，出了一身汗的嘉庆皇帝觉得浑身轻松，随又按惯例进行了一系列祭拜礼。时至二十四日就寝时，嘉庆皇帝才感到四肢乏力，胸闷憋气。由于一天的疲劳，他渴望早入梦乡，可实在无法睡得踏实。挨到第二天早晨，嘉庆皇帝肥胖的脸面更显浮肿，身体一下子垮了下去，而且痰气攻心，言语不清，只得卧在御榻上由太医救治。到了正午后，嘉庆皇帝病情加重，时醒时昏，已不能言语。此时，王公大臣和皇子们都惊惧起来，恰巧傍晚时分热河上空黑云密布，天色骤变，一阵狂飙带走天际最后一丝亮光的同时电闪雷鸣，暴雨急泻。惶惊之情，使嘉庆皇帝一时上气不接下气，戌刻便溘然离世了。

据气象资料统计，5—8月承德与北京的平均气温分别是25.4℃、28.5℃和26.4℃、29.4℃，温差分别为1℃和0.9℃，同期承德温度比北京低。再加上避暑山庄四周植被生长繁茂，有利于降暑。但是，我们也应该承认承德地处低山

清昌陵圣德神功碑亭

　　清昌陵圣德神功碑亭是清皇陵最后一座圣德神功碑亭。道光时期，有遗诏不建圣德神功碑亭，此后清朝皇帝各陵均不建圣德神功碑亭。

　　丘陵的盆地，由于盆底受热面积大，气流不畅，造成7月、9月短期高温可达41℃，比北京要热得多。嘉庆皇帝7月中下旬到达避暑山庄，偶感中暑是不可忽视的事实。所以，嘉庆皇帝在山庄遭中暑，因休息不好和救治不及时，以致神志昏迷、呼吸不畅而猝死，这恐怕不是其祖康熙帝修建山庄避暑的初衷吧。

　　说嘉庆皇帝属于猝死，是因为他从发病到驾崩，健壮的生命仅挣扎了不足一天。我们应该看到嘉庆皇帝革吏弊、惩腐侈、盼革新、致中兴，可积重难返，他又无力挽狂澜于奔突，扶大厦于将倾，以致积劳成病，瞬间崩逝只是多年心病的总爆发而已。泰陵西南1千米的太平峪，就是清西陵陵

紫荆岭的魅力

区内第二座帝陵——嘉庆皇帝的昌陵。自嘉庆帝死后入葬至今未开启过的昌陵，处处都显示着诡秘莫测的色彩。据现存"雷氏图纸"来考证昌陵，仅知其地宫为四门九券型，内藏玄妙的佛像经文雕刻，俨然是一座肃穆的地下佛堂。佛之神秘，世人难料，非不可料；昌陵莫测，是否就真的不能预测了呢？

清昌陵龙凤门

龙凤门为六柱三门四壁三楼顶形式，周身用黄绿琉璃构件嵌面，壁心画面是龙凤图案。

◎ 那不只是传说

面对高高矗立的陵冢，人们无法知晓慕陵那阴森的地宫里，道光皇帝和他的孝穆、孝慎、孝全3位皇后在幽冥界生活得如何。但是，穿透稳实的石

券门扉，目光却触摸到一则传说，一则关于道光皇帝废弃东陵宝华峪万年吉地，而不废奢侈在清西陵龙泉峪另建帝王陵寝的传说。当然，那可不仅仅是一则传说。

划动笔触将时光牵回到道光元年（1821年）九月初二日，道光皇帝降下谕旨：

国家定制，登极后即应选择万年吉地。嘉庆元年奉皇祖高宗纯皇帝敕谕"嗣后吉地，各依昭穆次序，在东陵西陵界内分建"。今朕绍登大宝，恪遵成宪，于东陵界内选择绕斗峪，建立吉地。……诹吉于十月十八日卯时开工。

吉地卜定，道光皇帝赐绕斗峪名为宝华峪，派庄亲王绵课、大学士戴均元、户部尚书英和、工部左侍郎阿克当阿筹办修陵工程。经过7年修建，宝华峪陵寝终于在道光七年（1827年）九月二十四日竣工。道光皇帝阅视陵工后，认为工程坚固，遂将于嘉庆十三年（1808年）因病薨逝已经安葬在王佐村的孝穆皇后移葬宝华峪陵寝的地宫里。正是这位第一个入主宝华峪陵寝的皇后托梦给道光皇帝，而发现"坚固"地宫浸水以致被全部拆废。

关于孝穆皇后托梦道光皇帝而毁宝华峪陵寝的传说，查阅数十种书刊，持这一说法者皆信梦为真。不过，关于托梦废陵一说，仅见于流传和演绎的文学作品中，史家多不接受。那么，东陵宝华峪陵寝到底是如何发觉渗水的呢？

曾在易县清西陵工作多年的陈宝蓉在其编著的《清西陵纵横》一书中这样写道：

道光八年，道光帝出京行围打猎，路过东陵，顺便到自己的陵墓去视察。不料，他从地宫回到地面，发现靴底潮湿，疑心地宫修建不牢，浸出地下水。

清东陵宝华峪废弃的道光陵寝

……他派敬徵、宝兴诸人,对地宫内外"逐处履勘",发现罩门券、明堂券、穿堂券、三道门洞券、金券及宝床下,均有浸水现象。

在这里,陈宝蓉指出是道光皇帝打猎路过东陵而偶然发觉地宫浸水的。

后任清西陵文物管理处副主任的尚洪英女士,在介绍清西陵风光的旅游纪念册中这样记述:据传说,一天夜里道光皇帝做了一个噩梦,梦中见到孝穆皇后披头散发,在一片汪洋中挣扎呼救。他惊醒后,心里不安,担心皇后的遗体遭受不幸。时隔不久,道光帝出京行围打猎,路过宝华峪陵寝,亲自视察,当他从地宫返回地面后,发现鞋底已湿,地宫存有积水。

故宫博物院清史研究人员万依、王树卿和刘潞3人在《清代宫廷史》中记载有"东陵绕斗峪工程的失败"一节内容:至道光八年(1828年),贝子奕绪等曾奏孝穆皇后陵寝(即道光将来的陵)木门外墙根潮湿。道光帝遂派内务府大臣敬徵到"地宫内外逐处履勘"。据查木门内罩门券两边、马蹄柱门枕石下往外浸水，明堂券穿堂券地坪石缝、金刚墙根均有浸水处，甚至金券内放棺椁的宝床下三面亦浸水，各有数寸。经擦拭后，隔一夜，又普遍积水二分。

虽说几人论述发现宝华峪地宫浸水的观点不同，但后来又都写到了道光皇帝曾亲自到东陵查询过此事。记得道光皇帝在得悉宝华峪陵寝浸水时，曾在当年九月十一日降谕旨：

宝华峪地宫积水情形，据敬徵等节次查勘积水痕迹，施拭施湿。本日朕亲临阅视，金券北面石墙全行湿淋，地面间断积水。细验日前积水痕迹，竟逾宝床而上。见孝穆皇后梓宫霉湿之痕，约有二寸，计存水有一尺六七寸之多……

既然宝华峪陵寝浸水，使孝穆皇后逝后不能安魂，道光皇帝却不是采取补救措施，拯救身处汪洋之中的皇后，而是废弃数百万民工修建7年之久的陵地，决定重新卜选吉地。由于卜选陵地人员害怕在东陵马兰峪再出现浸水事故，故而几次卜选都不满意。道光皇帝无奈，只好听从穆彰阿建议来到曾祖雍正皇帝开创的易州清西陵境内遴择吉地。然而，命该道光皇帝生前逝后都不得安宁，在其入葬慕陵后就发生了"五鬼乱西陵"的历史悲剧。而这一悲剧早在卜选陵地时就有预兆，这就引出了风水先生祖明基择西陵示预兆的传奇故事。

道光皇帝经历宝华峪陵寝工程的失败后，又有花费4年时间在东陵境内卜选万年吉地的不如意，心绪十分烦躁。善于阿谀媚上的穆彰阿建议改在西陵区域遴选陵址，道光皇帝稍微犹豫后就命一位来自堪舆世家的风水先生担此重任。相传，这位风水先生的祖先从元朝就专为帝王堪舆陵址，深得历朝帝王家

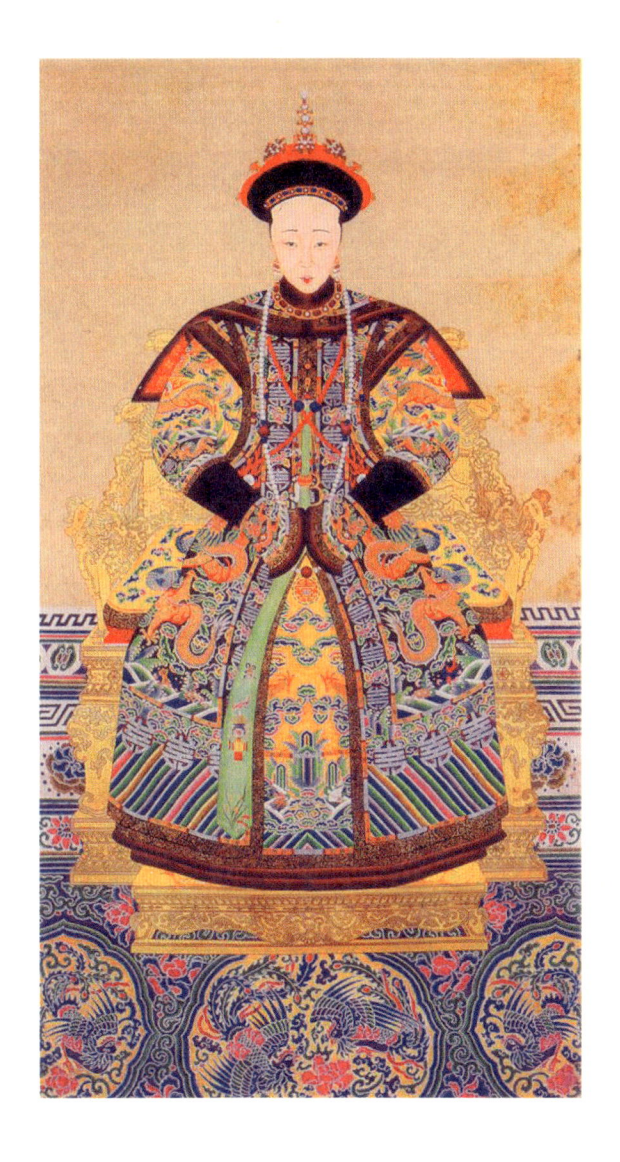

孝穆成皇后像

孝穆成皇后（1781—1808年），钮祜禄氏，满洲镶黄旗人，道光帝的原配妻子，康熙帝孝昭仁皇后曾侄孙女，乾隆帝诚嫔远房堂姐妹。

的赏识，且风靡世间的明十三陵就是其先祖勘选的。自然，此人深得祖上风水术的真传，且对于天文、地理谙熟，更兼领宋时邵雍卜象学的精髓。所以，风水先生面对紫荆易水的乾坤聚秀之地，终于选中昌陵西南4千米的龙泉峪，画好图纸，写了奏折，向道光皇帝进呈去了。

在奏折中，他将易州西陵景致写得峰峦秀丽，水势诱人，且具有一种葱郁

的王霸气象。这让道光皇帝十分欣悦,遂带领王公大臣亲赴龙泉峪勘视。道光皇帝见龙泉峪所在之地,地坦高爽,群山绵延起伏,恰似瀚海翻波,泱泱河水奔涌而来,西起荆关,蜿至飞狐,远接太行,北趋广陵,东向平顶达云蒙山,自成天地王气相聚的天然屏障,正可为陵寝的依托背靠,风水先生见道光皇帝面露喜悦,又进言说:

龙泉峪乃流金沙银汇聚之所,集天地之精华,蓄仙界之灵气,堪称富贵王霸之吉地。我主万年之后,正可背靠云蒙山,左右脚踏鋬云寨、花果山,两手扶搭东西华盖山,东为辅,西为弼,东西相抱,乃藏风聚气之所。

道光皇帝听了他的介绍,更是喜不自禁。

"地虽吉祥,只是北边弱了些,似显不足。"祖明基不敢隐瞒,照实说出心中的担忧。

道光皇帝忙问缘故,风水先生说,北面有一穷独山,气势虽祥,只是名称不佳。

道光皇帝听罢,笑道:"这有何难?朕是金口玉言,就改穷独山叫泰宁山,山峰为永宁峰罢了。"这就是今天西陵境内泰宁山永宁峰名称的来历。

此人知道道光皇帝已看中了龙泉峪的万年吉地,遂又说:"皇上,龙穴前边还缺点珠宝,如果怀里再有点儿珠宝就更好了。"

道光皇帝忙问:"珠宝从何而来?"

他说:"只需在龙穴前堆一土山,形似元宝即可。"

道光皇帝听罢,遂派人垒起一座高五丈、方圆百丈的元宝山,即今天的柏树山。

解决了这两个问题,风水先生遂又说出他最大的担忧:"此处形局虽好,只是西华盖山东南角突出两块顽石,貌似一僧一尼,而僧尼所处正是八卦中

清慕陵隆恩门

慕陵隆恩门建在白石须弥座上，台面铺金砖，面阔五间，黄琉璃瓦单檐歇山顶，中开大门三道。

的坤宫，俗话说僧尼对立占坤宫，恐犯五鬼相侵。"

道光皇帝又问有何根据，风水先生遂说出一个典故来。

相传，很久以前，有一云游僧人来到名叫五鬼崖的地方化缘。崖下独有一座庙宇，宇内设二十八宿，西南之鬼宿分处东西南北中，配以红黄蓝白黑五色，庙宇门额上写有"鬼斋庙"3个字。这僧人知道和尚与道士非属一脉，进庙化缘又恐不妥，遂双手合十说："阿弥陀佛，鬼齐庙鬼齐庙，不留和尚留老道！"僧人故意将"斋"字念成"齐"，恰巧被也来此化缘的一尼姑听到了，她遂反驳说："这是鬼斋庙，不是什么鬼齐庙。"僧人闻听，心中不服。两人各不相让，争执无休。这时，一位过路的

慕陵隆恩殿

　　慕陵隆恩殿一改面阔五间的惯例，缩小为三间，进深三间，改重檐歇山顶为单檐歇山顶，四周设有回廊。不过，隆恩殿及其配殿所有木构件全部用珍贵的金丝楠木制成，异常奢侈。

　　私塾先生闻知情由，觉得既好笑又无聊，便顺口吟了一首打油诗：一僧和一尼，前来分斋齐，上下都一样，差在当腰里。僧人和尼姑听罢，认为私塾先生取笑他俩，不由分说便把私塾先生打死了。然后，僧尼二人又互不容忍，打了起来。正在两人打得难分难解时，五鬼前来庙里当班，见僧尼犯忌开了杀戒，遂点化两人成了顽石，以示惩戒。所以，就有了僧尼对立，必犯五鬼之说。

　　这个典故，仿佛戏言。道光皇帝自然不信，就说："朕乃真龙天子，岂怕他什么五鬼六鬼的。"遂定陵址于清西陵境内的龙泉峪。

道光皇帝于道光十一年（1831年）二月择定龙泉峪为万年吉地后，历时4年修建完工，并迁孝穆皇后葬入此地。虽说此次没有了孝穆皇后托梦显灵之事，但不久却真有了德、意、日、英、法5国"洋鬼子"进犯西陵的事，使道光皇帝慕陵地面的珍宝被抢劫一空。如果说5国"鬼子"侵犯慕陵应了"五鬼犯陵"的前兆是迷信的话，那么我们应该正视道光皇帝无论生前执政30年是处于风雨飘摇、江河日下的凄苦境地，还是靡费巨资拆迁遵化宝华峪陵寝于易州龙泉峪重建，却都没能改变其命运多舛的悲剧。

清慕陵陵寝门

清慕陵用一座三间四柱三楼式的汉白玉牌坊取代传统的三座门。门后有石五供，但取消了宝城、方城、明楼。

◎ 自古情人多磨难

清末一代名妃——珍妃，对于光绪皇帝来说实在是一种意外天缘。而正是这意外天缘，却演绎成了一段令人伤感的爱情悲剧。

关于珍妃侥幸入宫，那完全是慈禧太后担心光绪皇帝宠爱德馨之女从而冷落她的亲侄女静芬，故意让德氏女落选而选了珍妃的。不过，珍妃入宫之初，并未引起光绪皇帝的注意，更谈不上垂怜加爱了。珍妃开始被光绪皇帝发现并迅速坠入生死恋中，是因一件极偶然的事。

清朝末年，宫中太监贪污勒索成风，特别是王公大臣每次晋见慈禧太后时，太监们都按例收取通报银两，就连年幼时的光绪皇帝也不例外。而后宫中的嫔妃们，按照清宫规制每天向慈禧太后请安两次，如果不向太监"行赏"，往往会受到他们捉弄而不能及时向慈禧太后请安。这样的话，轻则遭到慈禧太后的斥责，重则会受到惩罚从而失去眷宠，这对后妃们来说实在是最不幸的事。而后妃们每月的定制俸银又十分有限，天长日久常被这笔开销搞得愁眉不展，甚至痛哭流涕，寻死觅活。

珍妃初入宫被封为珍嫔，月俸更是少得可怜，而她同样被敲诈。可珍妃自幼在南方的开放城市广州长大，接受的都是新文化、新思想的洗礼，形成了不畏邪恶、敢作敢为的铮铮秉性，她不愿忍受被阉人任意宰割的悲运，而是采取了针锋相对的策略。一天早晨，珍妃照例到慈禧太后宫中去请安，当守门太监索要红包时，珍妃断然拒绝说："珍主子今天没带银子！"说完便径直闯进宫中。向慈禧太后请安后，珍妃遂言语激昂地痛斥起宫中这一痼疾来："孩儿想请老佛爷明鉴，千万不要任这群太监作恶下去，我想应该制止陋规，对宫廷进行整顿。"珍妃一席话，深深刺中了慈禧太后的隐痛，可又不便拒绝，只好温言敷衍一番了事。从此，虽说珍妃因此成了宫中太监们的死对头，但同时也引起了光绪皇帝的注目。

自幼被培养成性格懦弱、对慈禧太后百依百顺的光绪皇帝，早已厌倦了低声下气的生活。而在皇宫中，不是他向慈禧太后唯命是从，就是宫人们对他唯唯诺诺，这种生活对年轻的光绪皇帝来说简直是过腻了。而珍妃大胆又自主的性格，使光绪皇帝惊奇地睁大了眼睛，他发现自己从未关注的小妾原来是这样的娇美：清秀迷人的五官，丰腴圆润的身段，真可以说是冰雕含苞之牡丹，玉琢出水之芙蓉。确实，自光绪大婚以来，珍妃除了在一些必要的礼仪场合得以露面外，平时是很少能与光绪皇帝相见的。于是，因珍妃直言整饬内宫的事，光绪皇帝在第二天就决定召幸珍妃。珍妃闻听皇帝要召幸她，自然是欣喜异常，急忙巧施粉黛，心怀惴惴地来到养心殿。珍妃入宫后，其实也一直没有机会仔细看清自己的丈夫，更没有机会为光绪皇帝侍寝，虽说她年仅13岁，对男女之事不谙，但那种朦胧渴望之情时时撞击着她的芳心。款款步

珍妃照片

光绪帝恪顺皇贵妃（1876—1900年），即珍妃，他他拉氏，户部右侍郎长叙之女，满洲镶红旗人，在光绪后妃之中最受宠爱。

入养心殿，光绪皇帝为珍妃那传情眉目和迷人的一颦一笑所倾倒，珍妃也被眉清目秀、楚楚俊美的光绪皇帝所痴迷，二人都有相见恨晚的感觉。

不过，光绪皇帝和珍妃的欢爱时光实在是太短暂了，就连短暂的欢爱也有难言的隐痛。爱情的最终结果也是最高阶段，就是拥有两人的结晶——孩子。孩子，对于皇室家族来说更是最最珍贵的，因为没有"龙"的传人，其家族的皇室地位就不能延续。然而，就连慈禧太后都为之心焦的事，光绪皇帝与珍妃愣是没能完成。没完成，并不说明两人没有努力，且不说两人对于两性生理不熟无法生育外，单是珍妃为生下龙种祈求神灵的事，就让人从中体味出两人幸福的背后，同样有着苦涩和忧愁。相传，珍妃为了能给光绪皇帝生下龙种，曾私下里与亲信太监、宫女密商此事。有人告诉她说，北京正阳门外有一座香火比别处都要旺盛的送子观音庙，传说十分灵验。珍妃听说后心中动念，就想求

珍妃之印

龟纽，银镀金材质，印文为朱文"珍妃之印"玉筋篆书，另有对应的满文

观音为其送子，所以每天在自己的寝宫里焚香祈祷，并派身边一位年老忠厚的太监专程到送子观音庙去祈求，还抱回了一个泥娃娃，日夜守护在寝宫里，希望能如愿以偿。迷信自然没能满足珍妃的心愿，但是两人依然恩爱如初，只不过留此遗憾来点缀这段悲剧恋情的凄婉罢了。

说珍妃与光绪皇帝之爱是一段悲剧，自然还有因外力所迫没能善始善终拥有一个好的归宿。光绪二十年（1894年）中日甲午海战爆发，年轻的光绪皇帝虽有懦弱秉性，但却不甘心使大清江山断送在自己手中。于是，光绪皇帝积极培植自己的力量，希望成为真正的一国之君，切实行使自己应有的权力。在这一点上，珍妃无疑成了他坚定的支持者，由珍妃推荐的文廷式、志锐等一大批名流智士，先后受到光绪皇帝重用。随着帝党力量的逐渐增强，以慈禧太后为首的后党不甘心拱手交权。为了彻底击垮帝党，精明而狠毒的慈禧太后等人采取先扬后抑的策略，首先放纵帝党大肆活动，待到帝党主战失利后就开始反击。慈禧太后为了达到一击中的，先拿帝党的中坚分子珍妃开刀。是年十月二十九日，慈禧太后在仪鸾殿单独召见军机大臣，用光绪皇帝的名义颁谕旨将珍妃降为贵人。之后又在十一月发布两道懿旨，重申皇后在皇宫内廷的绝对统治权，并将懿旨装制于木框内悬挂在宫门上，以示警诫。这两块禁牌的内容，其一：

光绪二十年十一月初一日奉皇太后懿旨，皇后有统辖六宫之责。俟后妃嫔等如有不遵家法，在皇帝前干预国政，颠倒是非，着皇后严加访查，据实陈奏，从重惩办，决不宽贷。钦此。

其二：

光绪二十年十一月初一日奉皇太后懿旨，瑾贵人、珍贵人着加恩准其上殿

当差随侍，谨言慎行，改过自新。平素妆饰衣服俱按宫内规矩，穿戴并一切使用物件不准违例。皇帝前遇年节照例准其呈进食物，其余新巧稀奇物件及穿戴等项，不准私自呈进。如有不遵者，重责不贷。特谕。

慈禧太后惩处珍妃的目的在于打击帝党，打击光绪皇帝，而光绪皇帝因为爱妃多次受到处罚，心中自然悲恨交集。虽然，珍妃后来因为在慈禧太后60大寿之时得以恢复了妃子地位，但此时大清帝国已是风雨飘摇的一艘破船了。危难时刻见真情。重新开始了相亲相爱生活的光绪皇帝与珍妃，在国家危亡之际，不再寻觅浪漫追求快乐，他们恰似一对多年患难与共的老夫妻，共同在苦难中探寻着革新图强的良策。因《马关条约》签订而引发的"公车上书"，终于汇成一股不可抗拒的改革洪流——维新运动。

史称"百日维新"的变法运动一开始，珍妃既为自己的丈夫一天天振作起来感到欣喜，同时在心里又隐隐有一些担忧。她明白，慈禧太后绝不是一个轻易就能对付的铁腕人物，变革成功则罢，否则她与光绪皇帝及维新人士都有被处死之险。果不其然，慈禧太后抢先发动政变，不仅屠杀了大批维新志士，还

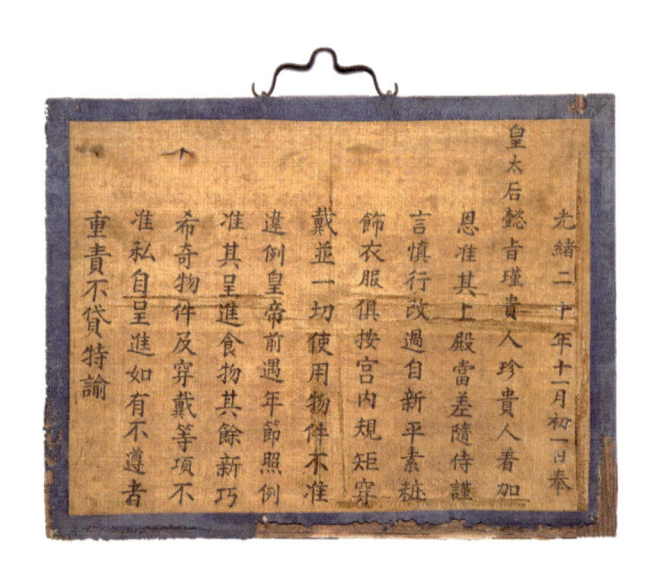

慈禧处罚珍妃禁牌之一
故宫博物院藏

于是年九月二十一日颁布谕旨，将光绪皇帝囚禁在中南海瀛台。光绪皇帝被囚，珍妃只得破釜沉舟，向慈禧太后大胆畅言：皇帝"乃国人之共主，即使太后亦不能任意废黜"。早就对珍妃支持光绪皇帝变法不满的慈禧太后，见珍妃胆敢再次与自己作对，自然抓住这一机会把她打入冷宫，以绝后患。其实，珍妃支持维新人士变革的行为，不仅为慈禧太后所不容，也早就引起了守旧顽固派的强烈反对。他们胡诌什么康有为经常秘密出入宫禁，与珍妃有男女私情，以望达到他们污辱珍妃、破坏维新运动的目的。不论什么原因，珍妃极力支持维新变法，绝对是慈禧太后等人所不能容忍的。

光绪皇帝被囚，珍妃被打入冷宫，使这对恩爱

珍妃墓

珍妃墓位于清西陵光绪帝崇陵妃园寝内，瑾妃墓在东侧，珍妃墓在西侧。瑾妃即端康皇贵妃（1874—1924年），珍妃的姐姐。

有加而又患难与共的夫妻近在咫尺也无缘相见了。有的书刊中说，光绪皇帝经常在深夜让小太监驾舟或踏冰溜出瀛台，到冷宫去与珍妃相会，这是极不可能的。且不说二人被禁都是由慈禧太后派心腹人员看守，使他们无法私自相会；也不必说一个被囚瀛台，一个被禁皇宫大内，不可能夜深之际驾舟、踏冰相约而见；单是皇宫中起更时就关闭宫门的定制，也是光绪皇帝所无法逾越的。这种望断秋水无缘相见的囚徒生活，珍妃一共过了两年有余，而两年之后当珍妃被提出冷宫时，已是八国联军即将攻陷北京城的危亡时刻了。准备仓皇出逃的慈禧太后没有忘记惩处珍妃，临逃离紫禁城之时，命人秘密处死了她，是年珍妃芳龄仅25岁。

珍妃被害，后来光绪皇帝也崩逝瀛台。一对生死鸳鸯魂归西陵后，又成为西陵中唯一被盗掘的皇陵。如此，他们生前死后受的磨难实在使人不忍揣度，只是那凄美而悲壮的爱情惨剧，让人唏嘘慕叹不已。

◎ 魂归西陵

到西陵采访时，与散落四周村庄里的老陵户们谈起西陵，无论是陵寝的建制、风水走势，还是墓中主人们生前的典故、逸闻，都能谈得兴致盎然。可是一提起末代皇帝爱新觉罗·溥仪，许多老人又都慨叹说西陵就少了他，言辞间那种遗憾之情尤让人不想轻易提及。易县的人们都说，清西陵少了宣统皇帝，历史是残缺不完整的。殊不知，据走访考察得悉，溥仪已于1995年1月26日魂归西陵，只是没有葬在他生前勘定的旺隆村那片"万年吉地"上，而是进入了一处私人营建的陵园里，使旺隆村吉地未能成为一座显赫的帝王陵寝罢了。不过，这种结局虽有些许缺憾，但溥仪最终入主西陵还是多少弥补了世人渴求圆满的心态。

1967年溥仪在北京人民医院病逝后，周恩来总理对其后事有过具体而明确的指示。经与溥仪家族主要成员及其第五位妻子李淑贤商议后，溥仪遗体实行了火化，并将骨灰寄存在八宝山革命公墓的骨灰堂内。当然，这种结局是人们按照当时的具体情况而确定的，并非死者生前所愿，这一点直到1994年12月李淑贤与经营陵园的海外华人张世义商谈迁葬溥仪时才透露。据李淑贤说，溥仪生前就对自己逝后有所交代，那就是在条件许可的情况下还是土葬为好，并且要求如果土葬就葬在清西陵。可是，不知当年李淑贤等人是基于什么原因，让溥仪的魂灵在北京游荡了28年之后，才满足了他的遗愿。而溥仪入土西陵也并未安葬在他生前选定的吉地上，只是冷清地埋在一处私人经营的华龙皇家陵园之中，使宣统那处吉地变成了历史的陈迹。

溥仪墓地

1967年溥仪去世后骨灰安放在八宝山，1995年迁葬到清西陵的华龙皇家陵园。

溥仪入承大统，即3岁时登基做了清朝入关的第十位皇帝后，按照定制就该选定陵址。然而，世事风云变幻使溥仪成了一名逊帝，所以直到1915年溥仪10岁时才将这一大事提出来商议。紫禁城里小朝廷的官员们之所以敢有为溥仪建陵的想法，完全是凭着一种直觉和旧观念的支配。那时，北洋政府无论谁主政北京都对溥仪礼敬有加，以致逊清遗老们整天幻想有朝一日再如从前那样统治神州。有了这种幻想，遗老们就经常做出一些今天看来十分可笑且极不明智的举动，为溥仪勘选陵地就是其一。溥仪10岁时，端康皇贵太妃降谕：

现因皇帝十年正寿，即着筹商吉地办法。

于是，按照清朝丧葬之制溥仪应在西陵境内选址。提及选派谁充任风水先生时，遗老们一致举荐前广东廉州府教授李青，并由内务府出钱400元做路费将这位李先生请到了北京。卜选黄道吉日，李青在逊清堂掌稿笔帖式锡泉等人陪同下来到易县清西陵。面对清西陵这块世所罕见的风水宝地，李先生自是赞叹不已，经过一番精心细致的勘测卜算，最后选中了靠近泰东陵的旺隆村（俗称狐仙楼）东北口子一地。返京之后，李青就此专门拟写一份《堪舆说帖》呈送上去。帖中详细说明那块吉地的吉祥之处，清室遗老们看后也认为确是上吉之壤，特别是内务府大臣世续亲自到西陵查看后也说："泰东陵后山从西三峰岭高起发脉，来龙旋转东北口子门地方宝山龙脉作穴，其势灵秀巍峨可观，内堂外堂皆在红椿界内，甚属相宜。"于是，逊清小朝廷就此圈禁那处吉地，并旋即进行点穴，确定了陵寝金井所在位置。在修建陵寝之初，陵工大臣们采用先地下后地上且由后至前的施工方法，并用了一年左右的时间就把地宫开槽奠基和明楼宝城等基础工程修好了。之后，溥仪的万年吉地工程被迫停止，又经数年风雨剥蚀和人为盗毁，迄今已是破落无余且踪迹无存了。

溥仪的万年吉地荒败后，他因奔忙于复辟、流徙、蹲监、改造和撰写史料

溥仪（坐者）与隆裕皇太后（左四）等在建福宫花园。

及回忆录，没有闲暇和精力去考虑重建事宜，当然历史条件也不准许他那么办。溥仪逝前想入土西陵是人之常情，好在妻子李淑贤还算不负亡夫之愿，于1995年1月26日终将其骨灰迁葬西陵界内。关于溥仪骨灰迁葬西陵之事，1997年第6期香港《紫荆》杂志刊载了尚洪英女士的文章《溥仪骨灰安葬始末》，文中对此事进行了较详细的说明。据说，原籍山东泰安的海外华人张世义萌发迁葬溥仪的念头，始于他在易县考察时闻听人们慨叹溥仪未能入葬西陵的传言。当时，专门经营陵园的张世义遂精明地意识到，如果能将溥仪这位中国末代皇帝迁进他的陵园中，势必会增加其知名度和园陵的经济收益。张世义下决心在易县西陵境内投资修建陵园之后，一边招标选择施工队伍，一边细心走访了解溥仪家族中仍在世间的亲人。执着的张世义终于得悉溥仪的第五位妻子李淑贤居住在北京一所小院内，并查访结识了溥仪夫妇的婚介人周振强之子周小奇。在这位原国民党中将、蒋介石卫队长之子周小奇的引荐下，张世义于1994年12月在北京昆仑饭店拜会了李淑贤女士。细心的张世义了解到李淑贤爱吃淮扬风味的上海菜，就投其所好专门点了一桌子上海菜。席间，张世义侃侃而谈，将他对溥仪了解不多的一点知识尽数说出来，以博得李淑贤的认同和赞赏。当李淑贤女士问他为什么愿意将溥仪骨灰迁葬他的私人陵园时，张世义就从溥仪的历史地位、对后世的教育作用以及他同情溥仪一生际运等方面讲了自己的见解。李淑贤女士问他迁葬溥仪对他有什么益处时，他说："我是经营陵园的，当然希望我的陵园知名度高，甚至让全世界都知道。如果溥仪先生这件事安排得好，将来就可能给我的陵园带来一些效益。"张世义诚实的一番话打动了李淑贤迁葬溥仪骨灰之心，当然在此之前李淑贤女士不会轻易答应，她要在亲自查看位于清西陵境内这个海外华人的陵园之后才能确定下来。之后，张世义陪同李淑贤专门来到他的陵园，并有意将陵园的名称叫作华龙皇家陵园，以突出他似乎是专为溥仪这位末代皇帝而建陵的用意。李淑贤看了华龙皇家陵园后，颇为满意，这不仅因为这处陵园修建得华美恢宏，溥仪入葬其中并不算是辱没身份，更主要的是清西陵是溥仪生前就确定了的葬身之所。故此，张世义迁葬之举得以顺利实现。不过，李淑贤女士在答应迁葬溥仪入主华龙皇家陵园的时候，还提出了一个附加条件，那就是希望自己逝后能与溥仪合葬一处，张世义当即应允并表示完成这些事的一切费用都由他支付。两相情愿，李淑贤返京后即到八宝山办理迁葬溥仪骨灰的手续，并确定在1995年1月26日将溥仪安葬在清西陵。那天天气晴好，李淑贤女士乘车来到易县清西陵，在张世义专门为溥仪举行的骨灰迁葬仪式上，李淑贤颇多感慨地发表了一番讲话，使在场的人听了都心生酸楚。之后，李淑贤亲自手捧溥仪那木质雕花的骨灰盒走向墓穴，工作人员虔诚而小心地接手后，轻轻放在由水泥铸成的铺着黄色绸缎的棺椁内，稳实盖好棺盖并浇铸上混凝土。望着工作人员有条不紊地完成了入葬程序，李淑贤女士眼噙泪花，喃喃地说："今天我很高兴，溥仪有了安葬之处，我也就放心了。"

由溥仪迁葬华龙皇家陵园而画圆这个历史句号，世人皆不持异议。不过，成为这处私人陵园最亮丽点缀的爱新觉罗·溥仪是否满意，那就不得而知了。日前，有机会再次到西陵游览，得见溥仪墓地旁又增加了李淑贤女士和另一人的墓碑，想来李淑贤女士的愿望也得以实现了。对此，末代皇帝溥仪先生不知会做何感想？

其实，明清皇陵被列入《世界遗产名录》，没有将溥仪的墓地计算在内，这不仅因为它不属于皇陵范围，且其许多条件也不具备世界文化遗产的标准。但能够让逝者安魂，就已经是一件幸福的事了。

溥仪和李淑贤

龙兴之地有三陵

关外三陵又称盛京三陵，是清太祖努尔哈赤和清太宗皇太极及其先祖们的陵墓。三陵均在辽宁省境内：一为兴京陵，即后来改称的永陵，位于辽宁省新宾县启运山下苏子河畔，葬有清太祖努尔哈赤的远祖孟特穆或称猛哥帖木儿（肇祖原皇帝）、曾祖福满（兴祖直皇帝）、祖父觉昌安（景祖翼皇帝）、父亲塔克世（显祖宣皇帝）、伯父礼敦（武功郡王）、叔父塔察篇古（多罗恪恭贝勒）以及他们的福晋；一为福陵，因位于沈阳市东郊浑河岸边天柱山上，又称东陵，是清太祖努尔哈赤和孝慈高皇后叶赫那拉氏的陵墓；一为昭陵，也因位于沈阳市北5千米处，又叫北陵，与福陵是同期兴建，葬有清太宗皇太极和孝端文皇后博尔济吉特氏。

关外三陵，即由永陵、福陵、昭陵构成。为了便于说明，我们不妨依照顺序予以介绍。

说到永陵，首先必须提及猛哥帖木儿，就是努尔哈赤推崇的六世祖。据《燕山君日记》记载，猛哥帖木儿是大金贵族后裔，世袭元朝的万户（万户是金初设置的世袭军职，元代继续沿用，隶属于枢密院或行省，统领千户所）。其时，猛哥帖木儿是斡朵里的世袭万户，统领所辖的女真军民。明成祖永乐年间，猛哥帖木儿接受明朝赐封他为建州卫都指挥使的职务，并颇受明王朝的器重，猛哥帖木儿也就非常忠诚地为明朝办事。明永乐二十年（1422年）随明成祖朱棣反击鞑靼部征战胜利后，猛哥帖木儿随驾进了北京城。这时，受挫的鞑靼部联合兀良哈铁骑屡屡袭扰猛哥帖木儿的辽东属地。猛哥帖木儿不愿因征战使民众受害，就奏请明朝搬回始祖发源地斡木河。而斡木河当时由女真豪族杨木答兀领属，他不愿接受猛哥帖木儿的统领，于是明王朝派辽东都指挥同知裴俊和猛哥帖木儿一同领属，而杨木答兀就纠集人马围杀猛哥帖木儿和裴俊，致使发生了"斡木河之变"，不仅猛哥帖木儿和裴俊被杀身亡，连建州左卫属地的男子也全被杀死，妇女尽被掳去。

在这场血光之灾中，努尔哈赤的五世祖董山侥幸逃出，万里跋涉来到京城，被明宣宗授予建州左卫指挥使职务。然而，董山在势力恢复并大有增强之际，却再也不愿接受明朝的统治，经常出兵辽东，掠夺边疆汉民的耕牛、马匹和人口等。成化三年（1467年），明王朝联合朝鲜的军队开始攻打建州，并斩杀了董山。董山死后，明王朝依然授予他

清永陵正红门

清永陵是清朝皇帝的祖陵，始建于明万历二十六年（1598年）；后金天聪八年（1634年）称兴京陵，清顺治十六年（1659年）尊为永陵。正红门是永陵前院正门，也叫前宫门，面阔三间，进深二间，小木作硬山式琉璃瓦顶。

的长子妥罗为建州左卫指挥使。由于建州部落受到明朝军队的重创，妥罗心里明白其一时还难以恢复元气，更没有能力与明王朝相抗衡，于是就积极与明王朝交好，先后5次到北京向明王朝"朝贡"。其后，由妥罗的三弟锡宝齐篇古掌建州卫，传承其子福满，即努尔哈赤的曾祖父。福满与其四子觉昌安乃至觉昌安四子塔克世三代人，都兢兢业业交好明王朝并由斡木河迁移到苏克素浒河，以至最后在赫图阿拉定居下来。

不料，努尔哈赤的祖父觉昌安和父亲塔克世在一场战乱中被明朝官兵误杀，导致努尔哈赤后来以十三副遗甲含恨起兵反明。关于努尔哈赤如何屡经征战，终于创建后金政权，不是这节文字的主题。在这里，让我们来看一看努尔哈赤是如何安葬其父、祖尸骨的。

据载，当年努尔哈赤父、祖被明朝李成梁军队误杀后，明朝政府也表示十分遗憾，为此不仅让努尔哈赤世袭其祖父的职位，还御赐30道敕书和30匹好马，并送还其父、祖的尸骨。努尔哈赤背负着父、祖的遗骨返回东北老家，途中历经千难万险，努尔哈赤毫无畏缩，因为他心中有一股仇恨在激荡。这一天，努尔哈赤来到启运山下时暴雨倾盆，饥渴疲累的努尔哈赤就将父、祖尸骨放在一棵大树的枝丫上，想避雨休息后再走。可是，过度疲劳的努尔哈赤一休息下来就迷迷糊糊地睡着了，待他一觉醒来寻找父、祖尸骨时，只见父、祖的尸骨早已和那株大树连为一体，怎么扯也取不下来，而且还眼看着那株树逐渐变得高大粗壮。努尔哈赤正在无可奈何的时候，忽然听到一群大雁在头顶上空盘旋鸣叫，他举目四望，只见周围景致怡人，与启运山相隔的是一片平川之地，心中暗想这也许是天意，于是便默默对天跪拜一番，遂把父、祖尸骨葬于启运山下。不过，后来努尔哈赤又把父、祖尸骨迁葬到了辽阳，顺治皇帝时又重新迁回启运山下。

大清入主中原后，对远祖的发源地十分重视，多次对祖先的陵墓进行增建修缮。如今，占地约有1万平方米的永陵，四周围竖以高耸的红墙，一进

入南大门就可看见4座碑亭齐整地排列着，每座碑亭内竖有一块石碑，即神功圣德碑，那是颂扬其4位先祖功德的载体。往北是高大的方城，方城正门为启运门，左右为镶嵌五彩琉璃蟠龙的袖壁。方城之中为启运殿，殿内设有暖阁、宝床和灵牌神位。大殿两侧是东西配殿，配殿前有焚帛炉。启运殿后面就是宝顶所在地，6座墓茔东西环列。由于这些先祖生前没有做过皇帝，其帝号是后世子孙追加的，所以他们的陵墓规制较小，且没有明楼和地宫等。不过，这并不能影缩他们的历史功绩。

送走了清朝远祖们的辉煌和沧桑，下面迎来的主人公连数千年封建王朝那一代代的枭雄们，也未

清永陵宝城

永陵宝城分前后两层：上层台中葬兴祖、左葬昭景祖、右葬穆显祖，兴祖墓东北是肇祖衣冠冢；下层左葬武功郡王礼敦，右葬恪恭贝勒塔察篇古。

必敢与之比肩而论。他就是活跃在16世纪末至17世纪初中国政治舞台上的一颗璀璨明星——努尔哈赤。如果在努尔哈赤的头上冠以杰出政治家、军事家和英雄的头衔，人们应该不会质疑。不过，对于他青少年时期那段历经磨难的生活轨迹，人们也许就鲜为听闻了。说起努尔哈赤青少年的磨难，大约有3次是他刻骨难忘的，即童年丧母，少年时独处异乡，青年时父、祖死于非命。据《满洲实录》记载：

汗十岁时丧母。继母妒之，父惑于继母言，遂分居，年已十九矣，家产所予独薄。

清永陵碑亭

永陵前院正中东西并列4座单檐歇山式碑亭。按中长次右、左老右少的位序依次为肇、兴、景、显四碑亭。

就是说努尔哈赤10岁时,母亲就去世了,而继母嫉恨他,经常在他父亲面前挑唆,父亲不分青红皂白就让儿子分出去另过,只给了极少部分的财产,当时努尔哈赤年仅19岁。不过,青少年时的努尔哈赤长得体格健壮,仪表端庄,而且意志顽强,十分聪慧,自幼还练就了一身过人的骑射本领。后来,努尔哈赤经常和同伴们到抚顺去赶集,与汉人交往十分频繁,受到先进汉文化的熏陶,他喜欢看中原的经典名著《三国演义》《水浒传》之类尚武斗智的文学著作,并精通汉、蒙、女真等语言。

正是因为幼年丧母造成的逆境,使努尔哈赤走出家庭的小圈子,能够在社会大课堂里得到锤炼,为其日后奋发有为打下了基础。万历二年(1574年),明朝辽东总兵李成梁镇压建州叛军王杲时,努尔哈赤积极投奔李成梁,李成梁见努尔哈赤为人机敏,谈吐不凡,就收留在自己帐下当了一名亲随。后来,因为一个偶然的缘故李成梁决定追杀努尔哈赤,迫使努尔哈赤走上了反明的道路。

关于那个偶然的缘故,《满族简史(初稿)》有这样一段记载:

那时候明朝天下大灾,各处反乱。罕王(即努尔哈赤,作者注)下山后投到李总兵的部下。李总兵见大军长得标致可爱,聪明伶俐,便把他留在帐下,当个书童,用来侍候自己。有一天晚上,李总兵洗脚,对他的爱妾骄傲地说:"你看,我之所以能当总兵,正是因为脚上长了这七个黑痣!"其爱妾对他说:"咱帐下书童的脚上却长了七个红痣!"总兵闻听,不免大吃一惊。这明明是天子的象征。前些时候才接到圣旨,说是紫微星下降,东北有天子象,谕我严密缉捕。原来要捉拿的人就在眼前。总兵暗暗下令做囚车,准备解送罕王进京,问罪斩首。总兵之妾,平素最喜欢罕王。她看到总兵这般处理,心里十分懊悔。有心要救罕王,却又无可奈何。于是把掌门的侍从找来,与他商量这件事。掌门的侍从当即答道:"三十六计,走为上计。"定下计议,便急忙把罕王唤来，说给他事情的原委，让他赶快逃跑。罕王听说之后，出了一身冷汗，十分感激地说："夫人相救，实是再生父母，他年得志，先敬夫人，后敬父母。"罕王拜谢夫人，惶急地盗了一匹大青马，出了后门，骑上马就朝长白山跑去。这时跟随罕王的，还有他平常喂的那只狗。罕王逃跑之后，李总兵的爱妾就在柳枝上，挂上白绫，把脖子往里一套，天鼓一响就死了。据说满族在每年黄米下来那天，总是要插柳枝的，其原因就在这里。第二天，总兵不见了罕王。他正在惶惑之际，忽而发现自己的爱妾吊死在那里。李总兵立即省悟，顿时勃然大怒。在盛怒之下，把她全身脱光，重打四十（满族祭祖时有一段时间灭灯，传说是祭祀夫人的；因其死时赤身，为了避羞，熄灯祭祀）。然后派兵去追赶，定要捉回。且说罕王逃了一夜，人困马乏。他正要下马休息，忽听后面喊杀连天，觉察追兵已到，便策马逃跑。但是，追兵越来越近，后面万箭齐发，射死了大青马，罕王惋伤地说："如果以后能得天下，决忘不了大青！"所以后来罕王起国号叫大清（青）。罕王的战马已死，只好徒步逃奔，眼看追兵要赶上。正在危难之时，忽然发现路旁有一棵空心树。罕王急中生智，便钻到树洞里，恰巧飞来许多乌鸦，群集其上，追兵到此，见群鸦落在树上，就继续往前赶去。罕王安全脱险。等追兵走远以后，罕王从树洞中出来，又躲到荒草芦苇中。他看见伴随自己的仅有一只狗。罕王疲劳至极，一躺下就睡着啦。追兵追了一阵，什么也没有追到，搜查多时，又四无人迹。于是纵火烧荒，然后收兵回营。罕王一睡下来，就如泥人一般。漫天的大火，眼看要烧到身边。这时跟随他的那条狗，跑到河边，浸湿全身，然后跑回来，在罕王的四周打滚。这样往返多次，终于把罕王四周的草全部弄湿。罕王因此没有被烧死，但小狗却由于劳累过度，死在罕王身旁。罕王睁眼醒来，举目回望，一片灰烬。跟随自己的那只狗又死在旁边，浑身通湿。自己马上就明白啦。罕王对狗发誓说："今后子孙万代，永远不吃狗肉，不穿狗皮。"这就是满族忌吃狗肉、忌穿狗皮的缘由。罕王逃到长白山里，用木杆来挖野菜、掘人

清太祖努尔哈赤像

清太祖爱新觉罗·努尔哈赤（1559—1626年），后金第一位大汗、清朝实际奠基者。

参，以维持生活。在山里，罕王想起自己在种种危急关头，能化险为夷，俱是天公保佑。想到这里，罕王立起手中的杆子来祭天。同时又想起乌鸦救驾之事，也一样感激，就在杆子上挂起东西，让乌鸦来吃，是报答乌鸦相救的意思。后沿袭下来，遂成为风俗。后来，罕王带领人马下山，攻占了沈阳。

这虽然是一个传说，但关于努尔哈赤投奔明朝辽东总兵李成梁的这段经历，查阅许多典籍都有这种记载。诸如，王在晋的《三朝辽事实录》、陈建的《皇明通纪辑要》、彭孙贻的《山中闻见录》、方孔炤的《全边略记·辽东略》

以及《神庙留中奏疏汇要》《姚宫詹文集》《叶赫国贝勒宗乘》《明史钞略·李成梁传》等都有记述，在此不一一引证。努尔哈赤经历的诸多舛难，对于其性格、能力等品格的培养都大有裨益。

后来，努尔哈赤忍辱负重，暗暗积蓄力量，并采取"顺者以德服，逆者以兵临"的策略，逐渐壮大势力，最后统一了女真部落。随着努尔哈赤势力的日益强盛，明王朝似乎意识到得罪努尔哈赤是一件不明智的事，就转而把杀害其父祖的凶手尼堪外兰绑送给了努尔哈赤。然而，此时的努尔哈赤已不再满足报杀父祖的一己私仇，他有更博大的志向，那就是在满洲称王后积蓄兵力，再慢慢夺取中原大明王朝的政权。努尔哈赤自25岁起兵，在此后长达40多年的戎马生涯中，先后组织指挥了十大战役，即古勒山之役、哈达之役、辉发之役、乌拉之役、抚清之役、萨尔浒之役、叶赫之役、开铁之役、沈辽之役、广宁之役，每次战役都是以少胜多的典范。可是，努尔哈赤这位用兵如神的常胜将军，在宁远一战中却败给了明朝年轻将领袁崇焕，乃至最后气悔成病死在了败退的归途中。努尔哈赤宁远兵败，以致内心惭愧、苦闷、焦灼、烦躁，可谓夜不安寝，食不甘味，终于一病不起。一向崇尚神灵的满洲贵族，杀牛烧纸以求神灵护佑努尔哈赤，然而丝毫没能消除他的病痛。于是，在后金天命十一年（1626年，明天启六年）七月二十三日努尔哈赤赶赴清河进行汤泉浴疗，半月之后仍不见效，反而病势日渐沉重。不得已，族人用船运载努尔哈赤准备返回沈阳，船只行驶到沈阳城东20千米的瑷鸡堡时，一代枭雄努尔哈赤便魂殇九天了。

关于努尔哈赤之死，世人还有一种说法就是他得了疽疮而死。《明熹宗实录》卷七十六记述辽东巡抚袁崇焕的奏报上说：

奴酋耻宁远之败，遂蓄愠患疽，死于八月初十日。

《清太祖高皇帝实录》中记载：

上大渐，欲还京，乘舟顺太子河而下。使人召大妃来迎，入浑河。大妃至，流至瑷鸡堡，距沈阳城四十里。庚戌（十一日），未刻，上崩。在位凡十一年，年六十有八。

在这段实录记述中，提及了一个在努尔哈赤去世后影响汗位继承的人物——大妃乌喇那拉氏。据史书记载，努尔哈赤崩逝后，有四大贝勒和四小贝勒共8人握有重权或受宠，即可以参与汗位的继承，但最有希望的是二子代善、八子皇太极和十四子多尔衮。努尔哈赤对于其嗣位候选人有过明确要求，《满洲老档秘录》中有一段关于努尔哈赤召见8个贝勒时的记述：

继我之后嗣登汗位为君者，不会选择那种恃强恃勇之人，因为这种人往往会依恃实力而强暴行事，必然会得罪于天及臣民。你们八贝

袁崇焕像

袁崇焕（1584—1630年），广西梧州藤县人，祖籍广东东莞，明末抗清名将，在抗击后金的战争中先后取得宁远大捷、宁锦大捷。

勒中应选择既有才能又能接受不同见解的人作为汗位嗣君。推选时，一定要共同合议，谨慎选择贤才，特别要防止那种品德不端的人侥幸入选。嗣位后的人，如果发现才能浅薄，不能主持正义，甚至不问朝政，应经过众人协议把他换掉，在你们兄弟中再选贤德之人为君。

按照努尔哈赤生前所定嗣君人选的标准，二子代善最为合适，因为代善不仅武功超群，是努尔哈赤建立后金政权的得力助手，也最受努尔哈赤器重，独自掌握有两旗兵力。另外，代善为人宽厚，深孚众望，是臣民和所属旗民拥戴的贤德之人。努尔哈赤曾暗示说："俟我百年之后，我的诸幼子和大福晋交给贝勒收养。"努尔哈赤说这番话时，其长子褚英已经被幽死在禁所，二子代善即为大贝勒，大福晋即大妃乌喇那拉氏。也许正是因为有努尔哈赤这句话，导致"大福晋两次备佳肴送给大贝勒，大贝勒受而食之"，"大福晋一天二三次派人去大贝勒家，大约商议要事。大福晋有二三次在深夜出宫院"。

不料，大妃乌喇那拉氏与代善这种不寻常的关系，被努尔哈赤小福晋德因泽告发，后经四大臣扈尔汉、额尔德尼、雅逊、莽阿图调查证实后，努尔哈赤十分震怒。然而，努尔哈赤却不愿公开惩责代善，只是削夺其一旗兵力，而离弃了大妃乌喇那拉氏，可后来又恢复了她的大福晋地位。不过，代善因与大妃有所谓的暧昧关系，致使他名誉扫地，再也没有资格参加汗位竞选了。后世有人揣测说，代善嗣位之失败实系皇太极唆使诬陷的缘故，且在击败代善的同时，也使大妃受到牵连，乃至努尔哈赤留言曰："吾终，必令殉之。"无论是皇太极一箭双雕之计的阴狠，还是嗣位争夺中的骨肉相残，都比不上努尔哈赤大妃被迫殉葬更惨烈。《清太祖武皇帝实录》记述：

后饶丰姿，然心怀嫉妒。每致帝不悦，虽有机变，终为帝之明所制。留之恐为国乱，预遗言于诸王曰："俟吾终，必令殉之。"诸王以帝遗言告后，后支吾不从。诸王曰："先帝有命，虽欲不从，不可得也。"后遂服礼衣，尽以珠宝饰之，哀谓诸王曰："吾自十二岁事先帝，丰衣美食，已二十六年。吾不忍离，故相从于地下。吾二幼子多尔哄、多躲，当恩养之。"诸王泣而对曰："二幼弟，吾等若不恩养，是忘父也。岂有不恩养之理？"于是，后于十二日，辛亥，辰时，自尽。寿三十七。乃与帝同柩。

礼亲王代善像

爱新觉罗·代善（1583—1648年），清太祖努尔哈赤次子，"四大贝勒"之首，清王朝开国功臣之一，皇太极封其为和硕礼亲王。

这里所说的多尔哄，多躲即是史书中的多尔衮和多铎两人。后来，又有世人说皇太极借努尔哈赤遗命逼死大妃，旨在打击另一争储候选人多尔衮。其实，世人不仅忽视了努尔哈赤嗣位人选的标准问题，还忘了一个基本史实，那就是当时多尔衮年仅15岁，是一个身无寸功的孩童，他与战功显赫、独领两旗兵民、年富力强的皇太极相比，当时选谁为嗣君的问题似乎再昏聩的人也不会逆流而动吧？

皇太极继嗣汗位，首要的事情就是为努尔哈赤卜选陵址。而选派臣工勘选吉地以便奉安努尔哈赤尸骨时，却引出了一段神奇的传说：诸臣工受命勘选努尔哈赤陵址，几个月过去没有一处满意之地，皇太极十分不悦。在又一次廷臣、贝勒大会上，众人正尴尬不知如何宽慰皇太极时，一青袍素衣的文雅之士奏陈：

据臣勘选得知，沈阳城东二十里有一座东牟山，山虽不大，却是一派高岗平川之地，前有浑河，后靠大台，中间有一兴隆岭，此属"两山夹一冈，辈辈出皇上"之宝地。而且此东牟山有泉百眼，水自长白山天池浸润而来，实乃难觅的风水宝地。如果先王龙体安葬此处，定能四海归服，天下太平。

皇太极闻听十分惊喜，当即派遣人员赶赴东牟山寻找那百眼泉水，限期为100天。东牟山山势不高，但丛林苍密，灌木横生，寻找那100眼清泉实在不是一件容易的事。众人经过百般辛苦，终于在第99天找到了99眼泉水，但另外一处泉眼却怎么也找不到。限期将至，找泉眼的人心急如焚，担心找不到第一百眼泉水将会受到严厉惩处。正在众人焦灼的时候，一位须发皆白的老猎人正追赶一只受伤的野兔路经这里，听众人述说了事由后，又继续追赶那只受伤的兔子去了。也巧，正当老猎人顺着血迹追赶到一块奇异的大石头旁时，只见瑟瑟发抖的野兔身下藏着一眼清泉。老猎人告诉了寻找泉眼的军士，军士们大喜过望，便急忙奔回皇宫奏报去了。皇太极听说后，心里感到欣喜，就改东牟山为天柱山，并在此为其父亲努尔哈赤修建了陵寝。

《盛京通志》中记载：

福陵，近则浑河其前，辉山、兴隆岭峙其后，远则发源长白，俯临沧海，

王气所钟也。

确实，总体面积近20万平方米的福陵，地处山峦之间，由前至后地势逐渐增高，是城堡式与依山建陵的完美结合体，坐北朝南由108级石阶构成，人称"一百单八磴"，取意三十六天罡和七十二地煞星之和。传说，这一百单八磴是福陵监工感悟神灵之意而创建的。修建福陵的时候，由于地处山峦之上，运送石料砖木十分不便，许多人摔死在山崖间。监工大臣心里怜恤众工匠，就拜祭神灵渴望神灵帮助他们建陵成功。其时，果真天色昏暗，陵址最上端一巨石轰然炸开，一条碗口粗的黑蛇驾着一团红光闪过，瞬间就踪影皆无。监工大臣

清福陵神功圣德碑亭

神功圣德碑亭坐落在须弥座式台基上，重檐歇山式、四面券门，内立康熙帝用汉、满两种文字书写的"大清福陵神功圣德碑"，记载着努尔哈赤的功绩

惊骇不已，不住地磕头向上爬去，恰巧磕了108个头到达顶端时，发现每磕一个头就留下一个石印，恰似楼梯一样。监工大臣一下醒悟过来，便想出了解决坡斜路陡的难题的设计，也就是今天人们看到的一百单八磴。修建福陵这一百单八磴的传说，到底是虚是实且不多论，但这种利用天然山势修筑阶梯的做法，倒是其他依山建陵中的一个特例。福陵有别于其他皇陵的，还有望柱和石坊相接合的皇陵形制，即在石牌坊柱头上修建朝天吼的石兽。在高巍山岭上修建的福陵，就像陵墓主人努尔哈赤生前显赫的功德一样是后世子孙无法比肩的，其陵墓气势十分雄浑壮观，真是无可比拟。

与清太祖努尔哈赤生前死后相比，其子皇太极

清福陵隆恩殿

福陵隆恩殿面阔三间，进深九檩，周围环以檐廊。单檐歇山顶，覆黄琉璃瓦。台基四面出须弥座大月台，周施望柱栏板，四角角柱石上设螭首，均为青白石质。

清昭陵石牌楼

昭陵石牌楼是一座仿木结构的四柱三间三楼式牌楼，顶部为歇山式，共有3条大脊、8条垂脊，其上雕饰云龙、鸱吻、走兽、缠枝莲等吉祥纹样。

本不应有诸多传说流行于世。可是，不论是在皇太极生前鲜有的几次血战中，还是其死、其卜选死后陵地，都有令人听了还想再传下去的传说。当你步入布局十分紧凑的皇太极昭陵时，可以一边浏览建于一马平川上的宏伟建筑，一边感受那传说的美丽。

昭陵布局可分为3个部分。即由下马碑到正红门为第一部分。从前往后，东西两侧各立下马碑、石狮、华表等。由汉、满、蒙、回、藏5种文字刻写的下马碑上，有"亲王以下各等官员至此下马"12个大字。往北是三孔石桥，过桥有一座嘉庆六年（1801年）修建的石牌楼，呈四柱三层单檐歇山顶，栏板刻行龙、八宝之图案，属于高浮雕艺术，显得十分精细而逼真。牌楼与正红门之间，东

西各有更衣亭和宰牲亭、馔造房，是供祭祀时存放物品用的。

从正红门往后到方城，属于陵寝的第二部分。正红门内参神两侧，依次排列着立象、卧驼、立马、麒麟、坐狮、獬豸6对石雕。其中关于卧驼和立马颇有传说。据说，当年皇太极亲率人马征战察哈尔部以望统一漠南蒙古，在追赶逃兵途中，连续好几天在浩浩沙漠中行进，饥渴的人马无处寻找泉水，只得依靠仅有的几匹骆驼储水囊中的存水维持。一天傍晚，皇太极带兵正在沙漠中艰难跋涉，忽然间几匹骆驼伏地不前，且伸长脖子叫起来。皇太极与军士们见状，大惑不解，忙催促骆驼起来赶路。汉族大臣范文程忙提醒说，恐有不祥之兆。皇太极恍然大悟，明白骆驼有先知风沙袭击的习性，于是令人马就势卧倒。果然，一瞬间狂沙滚滚，似有铺天盖地的气势，向皇太极的人马袭来。由于皇太极等人事先有所准备，才避免了一场人葬沙海的灾祸。后来，皇太极等人又在骆驼的引导下，终于找到泉水走出了茫茫沙漠。为了纪念骆驼那次救万千人马于死地的功劳，皇太极谕旨在其死后陵前置放石雕骆驼一对，这就是今天昭陵前卧驼的由来。

与卧驼之说有异曲同工之妙的，是昭陵前"大白"和"小白"这两尊汉白玉石马的传说。这两尊石刻白马，完全仿照真马大小雕刻而成，具有腿短、体壮的蒙古马特征。据传，皇太极体态丰盈，一般马匹不堪其骑，更不能驰骋沙场，唯有这两匹白色的蒙古马能够胜任，而且大马日行五百，小马日行千里，颇通人性，深受皇太极的喜爱，所以赐胖瘦两匹白马为"大白""小白"。一次，皇太极领兵与明朝驻大凌河守将祖大弼交战，双方僵持不下。人称"万人敌"的祖大弼乘一天黑夜偷袭皇太极大营，如旋风般的祖大弼眨眼间就闯进营区，接连砍杀数名侍卫后，逼近了皇太极的御帐。这时，皇太极正和手下将领商讨军情，忽听两匹白马惊叫不绝，遂提剑出帐与祖大弼人马混战在一处。后来，多亏营外守将八贝勒阿济格带精锐之师赶到，才使皇太极等人化险为夷。大白、小白以一声嘶鸣救皇太极于绝境，其后也多次在险要关头预告皇人极，使他能从容应对战斗中的不测，特别是在杏山的一次战斗中，皇太极轮换骑乘大白、小白，以出其不意的急袭一举击垮了明朝蓟辽总督洪承畴13万军马，并生擒洪承畴，为夺取进关要隘开辟了通道。可以说，在那次战斗中大白和小白又立下赫赫战功。于是，皇太极昭陵之前就有了大白、小白的石像。

清昭陵神道白马雕像

在昭陵的第二部分中，还有一座碑楼，里面设有"大清昭陵神功圣德碑"一通。碑楼东侧是茶膳房，是供守陵官兵使用的。

昭陵第三部分，即是陵寝主体，由方城、月牙城和宝城相连组成。方城正中是隆恩门，过此门为享殿即隆恩殿，殿外四周是仰莲须弥式台基，殿前有3路踏跺，中间为御路，上面是海水云龙的浮雕形象。殿北方城上是明楼，明楼里竖立"太宗文皇帝之陵"石碑。方城四角是角楼，城北连接着月牙城，正中突起的半圆形土堆是宝顶，宝顶下面就是神秘的地宫。

清昭陵隆恩殿后部与明楼

清昭陵主体建筑都建在中轴线上，两侧对称排列，系仿自明朝皇陵而又具有满族陵寝的特点。

关外三陵，具有独特的城堡建筑与山陵修筑相结合的满族风格，在我国传统古代建筑艺术中占有十分重要的地位。特别是清军入关之后，顺治皇帝创立了东巡谒陵的制度，使关外三陵得到了很好的修缮和保护。可是随着清王朝的衰败，关外三陵也有许多地方遭到了损毁。而今，关外三陵早已走出厄运阴影，正以崭新而又颇富传奇的姿态向世人开放，相信人们在参观完那一组组恢宏的建筑之后，也一定会想起陵中那些主人所创下的非凡而辉煌的成就。

盗亦有"道"

古有"十恶不赦"之说,而毁坏宗庙和盗掘坟墓被列为第二款大罪,所以,自古以来对于盗墓者的惩罚是极其严厉的。然而,因为各种缘故盗墓的事仍是屡屡发生,特别是皇家陵墓更是葬之越丰、盗者越众。虽然盗墓者最终不是遭受凌迟等最严酷的刑罚,就是祸灭九族,即便能够逍遥法外也得隐姓埋名偷度余生,但是透过他们的人生轨迹,也许还能发现另外一种生存之道。这种"道",不属于正义之"道",可它毕竟存在于这个世界上。

◎ 侥幸是一种命运

盗陵似乎是伴随着建陵而产生的,乃至"自古及今无不掘之墓",很少有幸免于难的陵墓。当然,个别陵寝之所以到今天还能保存完好,那只能说是一种侥幸。不过,侥幸的命运又能幸运到何时呢?

关于盗陵,前人总结的原因大概有两个:一是因为有厚葬传统的中国,历来在死者墓葬中埋藏大量珍宝,正是这些珍宝引诱许多亡命之徒掘墓抛尸,根本不把那些严厉惩罚放在眼里;二是由于亡者时间长久,后人对其感情日渐疏远,对于昔日的保护措施也就不那么重视,所以导致陵墓容易被盗掘。陵墓被盗掘的缘故几乎相同,而没被盗掘的就各有原因了。如清东陵中的孝陵,传说墓主顺治皇帝生前信奉佛教,死后实行了满族传统的火化,只以一把扇子和一双鞋入葬孝陵,墓穴里根本没有埋藏什么珍宝,所以成为清东陵中唯一没被盗掘的帝陵。其实,据史料记载,孝陵中不仅埋葬着顺治皇帝的尸体,还有两位

皇后一同入葬。如此，孝陵地宫中并不像那墓碑上说的"不藏金玉宝器"，而是实行了极为隆重奢华的葬礼。不过，正是因为世间有孝陵为一座空墓的传说，才使盗墓贼在对孝陵地宫挖掘几米后放弃，使得孝陵能够如此完好地保存下来。

与孝陵那侥幸命运相同的，还有清西陵中雍正皇帝的泰陵。不过，泰陵之所以保存完好却是另有原因。因为泰陵不仅不是一座空墓，还传说埋葬着雍正皇帝的金头。那么，为什么盗墓贼放弃盗掘雍正皇帝的泰陵呢？传说，雍正皇帝执政期间大兴"文字狱"，江南名士吕留良和他的全家惨遭杀害，唯有女儿吕四娘外出玩耍而幸免于难。后来，吕四娘跟随少林寺高僧学了一身精妙剑术，立志要为父亲和家人报仇雪恨。终于，吕四娘在一个风高月黑的夜晚潜入皇宫紫禁城，用剑割下了雍正皇帝的脑袋。再后来，皇家在安葬雍正皇帝的时候，只好用黄金铸造了一颗头颅安在尸体上葬入泰陵。正是因为这"金头之谜"，使许多盗墓贼对雍正皇帝的泰陵垂涎三尺，早就有盗墓取宝的念头。但是，传说雍正皇帝生前武功高强，死后墓穴中设置了许多机关，如果有人盗墓必遭那些机关的暗杀，所以盗墓贼一直是有贼心而没有贼胆。不过，有贼心又有贼胆的盗墓贼最终还是对泰陵动手了，因为1981年河北省文物工作队在对清西陵进行勘探时，发现了泰陵有被盗掘的痕迹。于是，河北省文物部门立即上报，请求发掘雍正皇帝的泰陵。一贯不同意主动发掘皇陵的考古大师夏鼐，听说泰陵有被盗掘的痕迹，便在河北省请求发掘泰陵的报告上签批了"同意"两个字。不料，就在世人都渴望着解开雍正皇帝是否是以金头入葬泰陵之谜时，河北省文物工作队和清西陵文保所在联合发掘过程中，却发现那盗洞虽然深达数米，但并没有深入到泰陵的地宫里。于是，非常明了夏鼐大师保护文物心态的河北省文物部门再次向其汇报，等到夏鼐亲自来到泰陵进行考察后，就指示立即停止了泰陵的发掘工程。泰陵发掘行动中途而废的原因是如此，而盗墓贼为什么没有坚持到底，就只能靠人们去揣测了。不过，泰陵能够侥幸地保存至今，那实在也算是一种幸运。

与泰陵墓主以金头入葬有异曲同工之妙的，还有清东陵的惠陵中与同治皇帝合葬的皇后阿鲁特氏。在清东陵中那座最小的皇帝陵寝里，因为传说阿鲁特氏是被慈禧太后逼迫吞金而死的，所以匪徒们在1945年打开惠陵时，不仅把墓中珍宝抢劫一空，还把皇后阿鲁特氏扒光衣服，用刀剖开她的肚皮寻找那一点金子。当然，如果说盗墓贼是因为那点金子而盗掘惠陵的话，也许有点牵强，但掘陵后竟然对皇后阿鲁特氏遗体进行毫无人性的践踏，也实在是残暴至极了。同样，在夜盗珍妃墓的传奇故事中，盗墓贼关友仁曾经向游人讲述其过程，说他们开始并非想盗掘珍妃墓，只因为一是帝陵坚固不易盗掘，二是传说慈禧太后害死珍妃后心中有愧，曾经用厚葬珍妃的方式以求心理平衡，故人们都认为珍妃墓中肯定有无数珍宝，所以才用炸药炸掘了珍妃墓。如此，皇后阿鲁特氏与珍妃就远没有雍正皇帝和他的泰陵那么幸运了。

而明朝的帝王陵寝地，似乎也没有清朝的孝陵和泰陵那样幸运。如世人最熟悉的十三陵，正是因为它拥有炙人的名气，却给埋葬在那里的帝王们带来了一次又一次的灾难。如清军入关时多尔衮派人对明十三陵进行毁灭性的焚烧，就是其最大一次劫难。而这种劫难却是明朝万历皇帝朱翊钧自己造成的。当年，努尔哈赤起兵问鼎中原时，庸碌无能的万历皇帝不是想方设法去抵抗清兵进攻，而是听信风水术士的蛊惑，说是毁掉埋葬着后金祖先的陵寝就可遏制清军的凶猛攻势。于是，昏聩的万历皇帝果真派人到大房山，把埋葬着金朝帝王的陵寝全部毁坏。等到清兵入关后，金人后裔为了报复万历皇帝掘毁他们祖坟的行为，也采取了以牙还牙的方式毁坏了埋葬着明朝帝王的十三陵。当然，明十三陵的毁坏绝对不止这一次，只不过这次对十三陵的影响最大罢了。

与十三陵名气炙人所不同的是，远在湖北钟祥的明显陵，正是因为它不显山露水，才得以保存完好。所以，有时候偏僻倒成了一种幸运。当然，这种幸运也是侥幸的。关于这种侥幸，其实又完全是一个人心性不定的缘故，这个人

就是明世宗嘉靖皇帝朱厚熜。前面曾经提到嘉靖皇帝迁葬父亲恭睿献皇帝朱祐杬到北京的事，后来几经反复，最终不仅没有迁葬湖北钟祥的显陵，反而对显陵进行了大规模改建和修缮，从而使显陵成了中国中南地区独一无二的明代皇陵，也是明帝陵中最大的一处单体陵墓。不过，这处别具一格的帝陵，在明崇祯十六年（1643年）也曾遭受闯王李自成起义军的毁坏。在日军发动的侵华战争中，显陵还遭受过日军的破坏。后来，中华人民共和国政府于1984年对显陵进行了部分修复，并于1988年把它列为全国重点文物保护单位，直到2000年11月30日被联合国教科文组织列入《世界遗产名录》，显陵受到了中国政府和当地人民的有效保护。

◎ 无法弥补的劫难

对于明十三陵中的定陵，主动采取科学方法进行发掘，应该是一件有意义的事。但是，有意义的事并不一定是好事，有时候还可能成为一种劫难。当然，关于发掘定陵的劫难不仅仅来自当时还不太科学的发掘手段和文物保护措施，还因为那个年代、那种运动，以及那个年代的那些年轻人的鲁莽行为。不过，无论如何那些行为所造成的劫难，已经是无法弥补和挽回的了。

历时两年多才结束的定陵发掘工程，出土文物有3000多件，其中地宫里的随葬品多达2648件，主要有金银器皿、玉器、瓷器和丝织品。在这些珍贵的随葬品中，最为突出的是皇帝金冠和皇后凤冠，制作工艺可谓精妙绝伦。金冠用金丝编织而成，冠顶盘有一对金龙；凤冠有4顶，上面都有金丝缠制的龙凤，一顶为十二龙九凤，一顶为九龙九凤，一顶为六龙三凤，一顶为三龙二凤，堪称是无价之宝。《明史·舆服志》中记载，皇后的礼服应为九龙四凤冠，其式样为：冠上饰翠龙九、金凤四，中间一龙衔大珠一，上有翠盖，下垂珠结,其余龙凤皆口衔珠滴,珠翠云四十片,大、小珠花十二树,翠口圈一副,上饰珠宝钿花十二,冠后三博鬓,饰以金龙、翠云,皆垂珠滴。而定陵出土凤冠上的龙凤数目,却没有按照这种冠服制度进行制作。如从孝靖皇后棺椁中出土的"嵌珠宝凤冠",不仅是九龙九凤,而且该冠重2320克,高27厘米,口径23.7厘米。特别是其饰物也与文献中的记载不同,如其前部近冠顶饰九条金龙,龙首朝下,口衔珠滴,其下为点翠八凤,后部另有一凤,凤首朝下,口衔珠滴,翠凤下缀有三排以红蓝宝石为中心珠宝的宝钿,其间缀以蓝花叶,冠檐底部有翠口圈,上嵌宝石珠花。冠后下部左右悬挂六扇博鬓,每面三扇,其上点翠地、嵌金龙、珠花璎珞。

明定陵出土皇帝金冠

金冠共镶大小红蓝宝石100多粒，珍珠5000余颗，其中最大的那颗宝石价值白银数百万两。显然，这顶凤冠与明朝关于皇后服饰的制度明显不同，这实在是一个奇怪的谜题。

从定陵中出土的丝织品，无论是数量、品种，还是质地、制作工艺，都是中国考古史上所罕见的，尤以各种质料的撕金妆花织物和缂丝、刺绣品最具代表性。其中有一件刺绣百子衣，虽是一件日常穿着的衣服，却也是一件精妙的刺绣工艺品。衣服图案是100个神态各异的孩童在花草丛中游戏，取意"宜男百子"，也就是"多子多福"的意思。这件百子衣中的孩童，形态逼真，活泼可爱，且各具情态：有的在追逐小鸟，有的在捉迷藏，有的踮脚摘桃，有的在放风筝，有的持伞盖，有的在跳绳，有的看书，有的沐浴，有的在围池戏鱼，有的还装作教书先生一本正经的模样，实在是令人忍俊不禁。然而，具有讽刺意味的是万历皇帝膝下偏偏少子，不得已在他行将驾崩之际，只好以旧日与宫女王氏媾和而生的儿子为皇位继承人。

在定陵出土的器物中，瓷器也是其一大特色，其中的梅瓶尤为珍贵。据《饮流斋说瓷》中介绍：

> 梅瓶口细而颈短，肩极宽博，至胫稍狭，抵于足则微丰，口径之小仅与梅之瘦骨相称，故曰梅瓶。

由此可见，梅瓶的称谓是因为其式样，而不是人们习惯思维中的在瓶上雕饰以梅花。在定陵中出土的梅瓶，正是文献中记载的这种肩部丰满、腹部以下明显收敛而底足微向外撇的典型样式，加之白地青花，更显出素洁清高之质、稳重端庄之貌。制作青花瓷有着严格的工艺要求，先以氧化钴为着色剂，在成型坯胎上描绘花纹，然后施釉入窑，经过1000~1500℃的高温，在平稳的火候中一次烧成。定陵出土的瓷器中还有一种三彩瓷炉，是明代彩瓷中的名品，始制于明宣德年间，万历时期有很大的发展。这件底款为"大明万历年制"的瓷炉正是其大发展时期的作品，可以说是弥足珍贵。该炉高17.8厘米，口径15.8厘米，釉色呈黄、绿、紫三色，呈三足鼎状，但造型独特，以3条蟠龙环抱炉身，形成如鼎的两附耳，而龙首倒立成为三足。这种瓷炉造型可谓匠心独具、别有情趣，也是瓷品中极为罕见的孤品。

在死者身边葬玉的习俗，似乎源自新石器时代，发展到后来便成为墓葬中一种不可或缺的，甚至是主要的随葬品。在定陵中出土的随葬品也是以玉器为大宗，尤其引人注目的是那些整块的玉料，其上不仅标出玉的名称和重量，有的还注明了产地，其中最大的一块重达24千克，放置在孝端皇后的棺椁内。在大量成品的玉器中，还有一只玉碗尤其惹人注目，它将精金良玉与巧夺天工的装饰工艺尽善尽美地结合在一起，简直达到了美轮美奂的境界，而且有一种百看不厌的观赏效果，显示出了其高雅、昂贵而又超凡脱俗的品格。这只玉碗由碗身、碗盖、托盘3个部分组成，其造型与常用碗几乎没什么两样。碗身为圆形，底部有一圈足，高15厘米，玉材呈青白色，琢工精细，光洁柔润如美人肌肤，胎薄如纸而娇好透明。碗盖高8.5厘米，重148克，用纯金錾刻而成，盖身以镂空与浮雕手法相结合刻画出的3排蛟龙，似乎肆意盘桓嬉戏在波涛之

金盖金托玉碗

定陵出土，定陵博物馆藏。

中。盖顶纽为一"出水芙蓉"造型，莲花与浪花相映成趣，通体呈现出一种涌动的感觉。托盘直径20.3厘米，重达325克，盘边缘满布祥云图案，盘底部满饰龙纹，而盘中央则凸起一圆圈，用以承托玉碗。这件金托玉碗，一方面是金盖的煌煌跳跃与玉碗的洁静柔美和谐统一，另一方面又是金盖与金托交相辉映的显现，把玉碗装点得雍容华贵，令人爱不释手。另外，在这些成品玉器中还有玉圭、玉带、玉壶、玉杯等精品，都是十分罕见的玉中珍品。

然而，从定陵地宫中出土的这些珍宝，虽然没有遭到盗墓贼的破坏，但在"文革"中却没能逃脱被毁坏的厄运，万历皇帝和两位皇后的遗体、棺椁，以及随葬的大量丝织品，几乎都遭到了不可原谅的践踏和毁坏。杨仕和岳南二人在《风雪定陵》一书中，把毁坏万历皇帝遗体的场景描述得生动而精彩，只是生动精彩背后留给人们的却是无尽的痛楚、悔恨和遗憾。但是，今天回想起来，这种痛楚、悔恨和遗憾本是可以避免的，因为考古大师夏鼐先生早就做了准确的预言，只是预言在没有被证实之前只能永远成为预言，而在被证实之后又已经失去了功效。

定陵地宫出土的文物，命运多舛，而它的地面建筑也是不幸的，因为它早就遭受了毁灭性的破坏。那是在崇祯十七年（1644年）的春天，闯王李自成率领大顺农民军师出西安，准备直捣明王朝的都城北京。起义军经过昌平时，曾经放火焚烧了十二陵（当时还没有思陵）的享殿，定陵也在其中，只是侥幸没有被完全烧毁。而到了清军入关之际，摄政王多尔衮为了报复当年万历皇帝拆毁金陵之恨，又下令把定陵的享殿彻底毁掉。后来，乾隆皇帝为了笼络汉人，在重修十三陵时对定陵的地面建筑进行了一些恢复，只是规模和用料都十分简约而粗劣。如今，定陵那座简约的享殿也早在1914年因失火而被烧毁，只留下一个殿基供熟悉明十三陵规制的人去怀想罢了。当然，像这种在朝代更替动荡中皇陵遭受毁坏，是有其深刻的社会背景和根源的，而主动发掘定陵却使已经出土的文物遭受毁坏，这是不应该的。

然而,不应该发生的已经发生了。今天只要能够从沉痛的现实中汲取教训,也许还不是一件坏事。

◎ 孙殿英的胆量与手段

对于孙殿英,世人习惯于在军阀的前面添加上"流氓"两个字,这完全是因为他曾经组织过轰动世界的盗掘清东陵事件。但是,由于盗墓而名声大噪的孙殿英却没有遭到世人的唾弃,相反还为他的生涯增添了一份传奇。如果说,敢于盗掘清东陵是源于孙殿英过人的胆量的话,那么他能够逃避世人唾骂和法律惩罚,则得益于他非凡的手段。

清光绪十五年(1889年)正月,孙殿英出生在河南永城县(今永城市)西杨楼村,当时谁也没想到他今后会成为人人皆知的"盗墓英雄"。不过,少年无赖的孙殿英,自幼就精通赌博技巧,后来靠着高妙的赌博技艺和江湖义气,竟然赢得当地乃至豫西一带泼皮无赖们的崇拜。于是,孙殿英雄心勃勃,整天想着要干一番大事业,可在一次赌博中被警察抓住蹲了几个月监牢。在监牢里,孙殿英似乎悟出了一个道理,那就是光靠赌博并不能出人头地,有时还要遭受别人的欺凌。于是出狱后的孙殿英想方设法混进军队,可这支军队是清朝赫赫有名的"毅军",不单英勇善战,而且军规十分森严。浪荡散漫惯了的孙殿英自然不适应这种生活,终于在一次赌博中被毅军统领姜桂题责打后开了小差。不久,孙殿英在赌博贩毒中结识了河南陆军第一混成团团长丁香玲手下的副官,转身他又成为这支部队中的一员,并在部队中专门干起了制毒、贩毒的罪恶勾当。后来,孙殿英受一高人指点,投奔道教中的一个上仙庙道会,并以此为基础不断发展自己的势力,乃至成为独霸一方的军阀——直系第十二军军长。

惨淡经营十几年后,孙殿英率领第十二军来到天津蓟县驻扎,偶然一个

东陵大盗孙殿英

孙殿英（1889—1947年），归德府永城（今河南永城）人，中国近现代史上臭名昭著的土匪军阀。1928年驻防冀北遵化马兰峪，盗掘慈禧和乾隆陵墓。1947年被人民解放军俘虏，病死狱中。

机会听说当地土匪团长马福田因盗掘清东陵珍宝而大发横财的事。于是，孙殿英热血上涌，感到自己成就一番事业的机会就在眼前。经过一番密谋后，孙殿英于1928年7月1日领兵进入清东陵地界，以剿匪为名开始了那场震惊世界的盗墓行动。在七天七夜的盗墓行动中，孙殿英部用炸药先后炸掘了清东陵中最奢华的乾隆皇帝和慈禧太后的两座陵墓，把地宫中的珍宝洗劫一空，整整装了近30辆军用卡车，酿成中外文明史上最惊天动地的一桩盗墓大案。那么，这桩盗墓大案的内幕到底是怎样的呢？

1928年7月，孙殿英率领第十二军人马来到遵化，经过紧急磋商，制定了盗掘清东陵的兵力部署：师长谭温江负责挖掘慈禧太后的菩陀峪定东陵，师长柴云升负责挖掘乾隆皇帝的裕陵，师长丁綍庭负责挖掘康熙皇帝的景陵，工兵团长颛孙子瑜负责协助3个师挖掘，旅长杨明卿负责陵区周围的警戒。一切部署停当，3个负责挖掘陵墓的师长各自行动起来。

单说由保定陆军军官学校毕业的师长谭温江一路人马，来到东陵区内的定东陵胡乱挖掘进展缓慢后，找到了一位名叫苏必脱林的逊清遗老，在他的指点下科学地从陵寝的金刚墙挖起，并由工兵团长颛孙子瑜用炸药爆破，很快就找到了地宫的入口。面对坚固厚重的地宫石门，谭温江的兵士们巧妙地撞开几道石门，顺利进入地宫。在阴森潮湿的地宫里，盗墓兵士在短暂的心悸惊恐之后，就用利斧和刺刀撬开了慈禧太后的棺椁。当兵士战战兢兢地用刺刀挑开覆盖在慈禧太后遗体上的网珠被时，进入地宫里的盗墓官兵们都惊呆了，只见网珠被下金光万道，数不尽的珍宝放射出各色光芒，一时间将黑暗的地宫照耀得如同白昼一样。特别是慈禧太后身上的饰物，更是色彩绚丽，霞光耀眼。而惊叹在转瞬间又变成了骇然，因为那看似美丽妇人的身体突然凹陷下去，脸也由红变白，再到紫而黑，特别是那含笑的眼睛竟在突起的颧骨间微微睁开，并立即就生出了一层茸茸的白毛。惊骇异常的兵士们在当官的威逼下，不得不开始攫取棺椁内的诸多珍宝，然后把珍宝存放进早已准备好的箱子里，一一运出地宫。这些兵士取出的无数珍宝中，就有孙殿英后来贿赂国民党官员的翡翠桃和翠玉白菜等奇珍异宝，而在慈禧太后嘴里掏出的那颗旷世罕见的夜明珠，后来也成了国民党总裁蒋介石夫人宋美龄鞋上的饰物。为了彻底攫取慈禧太后地宫中的所有珍宝，盗墓兵士们不仅把慈禧太后的遗体抛弃在棺椁之外，还凭着道听途说的皇陵知识打开了棺椁下面的"金井"，盗取了由慈禧太后亲手投放其中的、跟随了她一生的绝世珍宝——十八子珍珠手串。

面对埋藏了如此众多珍宝的皇陵地宫，流氓军阀孙殿英实在忍耐不住了，他和几名亲信人员在亲兵的护卫下也走进了地宫。此刻，地宫里人声嘈杂，混乱不堪，遍地狼藉，许多兵士为了争夺珠宝相互挤撞，简直是丑态百出。出身市井流氓的孙殿英似乎很体恤手下兵士，在地宫里查看一番后，竟明令参与地宫盗宝的兵士可以自己发点小财。此令一出，地宫里的兵士更加疯狂，最后竟然相互开枪打斗，酿成人命伤亡的火并行为。

与盗掘慈禧太后陵墓同时进行的另两路人马，此刻也正紧锣密鼓地干了

慈禧地宫内景

起来。负责盗掘康熙皇帝陵寝的师长丁綍庭最不走运，因为他的兵士们刚刚掘地三尺就泉水喷涌，湍急的水流根本无法遏制，最后只得放弃了对康熙皇帝景陵的盗掘，转而协助柴云升师长共同盗掘乾隆皇帝的裕陵。与谭温江盗掘慈禧太后定东陵所不同的是，柴云升等人一开始就陷入了混乱局面，因为他们并不知道从何处挖掘能够直接进入地宫的石门。在高大坚固的陵寝四周全面挖掘效果微弱之后，他们从谭温江处取得经验，开始全力挖掘金刚墙，并很快找到了地宫的入口。不过，在采用"谭温江式"打开地宫前三道石门后，柴云升等人无论如何也打不开第四道石门。于是，急于进入地宫盗宝的柴云升竟然不怕地宫塌陷，直接用炸药炸开了最后一道石门。与慈禧太后地宫中埋藏诸多珠宝所不同的是，风流儒雅的乾隆皇帝并没有多少珠宝随葬，但毕生收集的书画古玩和孤本秘籍，却是旷世罕见，堪称无价。然而，无知的兵士们竟将中华瑰丽的文化遗产胡乱撕扯毁坏，造成了无法弥补的巨大损失。当然，在乾隆皇帝裕陵盗掘的珍宝中，最让孙殿英惊喜的是一把名震千古的宝剑——"莫邪"剑。关于此剑的来历，还有一段神奇的传说。

春秋时期，吴王阖庐酷爱宝剑，得知民间铸剑名匠干将铸的剑削铁如泥，斩金断石，就限期干将采石铸剑，到期不能完成就诛杀他全家。心急如焚的干将心里明白，要在吴王限期内铸成那样的宝剑几乎是不可能的。忧心忡忡的干将整日愁眉不展，妻子莫邪就开导他说，只要想办法就能够在限期内铸成宝剑。那么到底如何才能铸剑成功呢？在妻子的提醒下，干将想起了师傅欧冶子当初的铸剑经过：用女人身体敬献炉神终成宝剑。闻听丈夫干将的一番话，妻子莫邪纵身跳入熊熊炉火中，于是悲痛的干将终于铸成了两把剑，并将雄剑取名为"干将"、雌剑取名为"莫邪"。干将明白，铸剑成功之日，也就是他被吴王杀害的时刻，因为吴王害怕干将再铸成其他宝剑害了他。于是，干将向吴王献剑时，并没有将两把宝剑都献给吴王，而是留下雌剑"莫邪"给自己的儿子，希望儿子将来为他和妻子报仇。千年后，"莫邪"剑辗转传到乾隆皇帝手中，成了他的掌中之宝，并在他死后随葬进了裕陵的地宫。

孙殿英盗掘裕陵得到"莫邪"宝剑后，因为后来盗墓案件泄露，他为了逃脱法律制裁，就把"莫邪"宝剑送给了蒋介石。再后来，传说"莫邪"宝剑随当年南迁的故宫文物一起运到了台湾，不知是否属实。

"莫邪"宝剑在哪儿，我们姑且不论，现在要说的是孙殿英盗掘清东陵之后的故事。几天几夜盗陵成功后，孙殿英立即率领第十二军官兵撤离了遵化。而当地的散兵游勇和土匪见孙殿英撤离后，趁机大肆盗掘已经毁坏的清东陵，也盗取了诸多珍宝。由此，东陵盗宝案便迅速传扬了出去。

东陵盗宝案发生后，逊清皇室后裔向当时的民国政府提出了最强烈的抗议，并要求尽快抓捕、惩治罪犯。就在民国政府积极调查案情并组织特别法庭时，精明的孙殿英在密谋后组织了一支精干的行贿小组，准备向中央和地方一些大员进行大肆行贿，以达到逃脱罪责的目的。在孙殿英的行贿行动中，主要采取了两个步骤，首先是贿赂当时的平津卫戍司令阎锡山，请求他放松对案件的追查，然后到南京用重宝贿赂当时的国民政府的财政部长孔祥熙和宋霭龄夫妇，并通过他们对蒋介石夫妇进行贿赂。在这两次重要的行贿中，孙殿英派遣手下的"智多星"、十二军参谋长冯养田，亲自携带从慈禧太后陵墓中盗掘的旷世珍宝翡翠桃、翠玉白菜、夜明珠和莫邪剑。这几件珍宝都是价值连城的旷世宝物，无论哪一件都可以说是世所罕见的。如那翠玉白菜，不仅质地精绝、世间罕见，且造型生动逼真、活灵活现，特别是那白菜心儿上的绿色蝈蝈和菜叶上的两只黄色马蜂，作振翅欲飞状，简直是奇珍异宝。后来，由于孙殿英行贿大获成功，不仅使东陵盗宝天案不了了之，孙殿英还赢得了蒋介石夫妇的厚爱。

得到蒋介石照顾的孙殿英，几经折腾，最后竟成为一支不可忽视的重要军事力量。不过，精明的孙殿英并不像国民党其他军队那样与中国共产党死命抗衡，相反他还积极主动地投身到抗击日军侵略的战争中，曾给日军以沉重打击，后来被搅扰得恼怒的日军以重兵围歼，使他的军队元气大伤。

东陵大盗孙殿英，早在1947年10月就忧郁而死。但是，他那盗掘清东陵的惊天大案，不知成为多少文艺作品的创作素材，这恐怕是精明的孙殿英所没有想到的吧？

◎ 盗墓者自述

1938年的河北易县，抗日战争始终处在敌进我退、敌退我进的游击战状态。于是，一些生计艰难而又血气方刚的年轻人就结伙当了土匪，这使当地普通百姓人家更加无法生存。靠借钱购置了几亩薄地的关友仁，心里早就有些不安分，他不甘心遭受日本人和土匪的侵扰，渴望自己也能拉起一支队伍，当个"乱世英雄"。这年11月的一天，恰逢华北村的壮汉鄂士臣到他家里闲聊，聊天的内容自然牵扯到当今的世态，激愤的鄂士臣与关友仁有同样的想法，于是两人一拍即合。然而，拉起一支队伍需要的是枪支弹药，当时枪支弹药好买，但两个穷光蛋去哪儿弄那么多钱呢？关友仁苦思半天毫无办法，而鄂士臣却一语道破玄机：盗陵卖宝。

鄂士臣之所以提出干这种十恶不赦之事，也是受到当地社会小环境的影响。自1933年开始，河北易县和涞水县境内的盗陵风潮日盛，许多盗墓人都发了横财而无人追责，特别是1938年秋天一伙不明身份的穿军装的人盗掘了光绪皇帝的崇陵后，更使一些人蠢蠢欲动。关友仁听了鄂士臣的建议，又联想到位于易县境内的清西陵已无人看管，当即表示赞同，并提议应该再找几个帮手来合作。于是，第二天他们分别找来附近龙里华村的那保余、苏振生，下岭村的张茂、张志敏父子和凤凰台村的李纪光，还有荆轲山村的一个人，共计8人。他们聚齐之后，一听说要盗陵卖宝拉队伍，都十分兴奋，纷纷表示同意并一起谋划盗掘哪座陵墓最合适。据关友仁介绍，李纪光曾经盗掘过泰妃陵和一些王爷陵，所以李纪光首先分析了皇帝陵、皇后陵虽然宝物较多，但是修造得坚固，仅凭他们几个人徒手挖半年也是挖不开的。随即他们放弃了盗掘这些陵墓的念头，转而将目标朝向妃园寝，最终选中了地处偏僻、不易被人发觉而又利于躲藏和逃跑的崇妃园寝。

这些盗墓者也曾听说过关于珍妃的一些故事，特别是对于慈禧太后厚葬珍妃的内容更不陌生，因为他们从小就听老人讲述过珍妃入葬时的隆重场面，所以一致同意盗掘珍妃墓。商议妥当，几个人又分工寻找工具和枪支，并由关友仁和鄂士臣于第二天探知珍妃墓所在处的情况。几个人准备好枪支弹药和李纪光带来的盗陵专用工具，以及一把俗称的"蜈蚣梯子"后，便于当晚向崇妃陵

开进。到了崇妃陵附近，他们首先扑向灯光昏暗的守陵班房，不料惊动了守陵老人的大黄狗，惊恐中荆轲山村的那个人扣动扳机走了火。鄂士臣和关友仁见状，迅速冲进值班房，用枪顶住在床上瑟瑟发抖的护陵老汉。见老汉惊恐的模样，关友仁厉声说，只想盗陵卖宝拉起队伍打日本，并不愿杀害他，但是要求老汉不准向外人泄露消息，并且把"碍事"的大黄狗杀了。守陵老汉一律应承，交出陵园宫门的钥匙，任由他们盗陵去了。进了崇妃陵区，他们又进行分工，由鄂士臣、李纪光、那保余、苏振生挖掘，关友仁持枪把守坟台，其余几人放哨和看管守陵老汉。富有盗陵经验的李纪光，选择从石阶与宝顶中间处开挖，但是用油灰、白浆浇灌铸成的珍妃墓并不容易盗掘，几个人抡锹挥镐挖了一夜，才挖出一个2米见方、深约3米的竖井。因天色渐亮，他们只好悄然潜回各村，并约定第二天晚上再聚会行动，临行前再次警告守陵老汉不准声张。不过，在鄂士臣和关友仁的策划下，他们感到荆轲山村的那个人毛手毛脚不太牢靠，就设计支走了他，重新在太和庄找了一个开山炸石的能手白泽坤加盟。

第二天夜晚，鄂士臣几人再次携带盗墓工具和一个重数十斤的炸药包，一起向珍妃墓地摸去。不料，他们刚走到凤凰台村北的小山顶，就发现有一支军队正从山下通过，几人不敢声张，趴伏在山梁上等候，直到那支队伍走完已天近拂晓了。8个盗墓者在山上白白冻了一夜，只得扫兴地各自散去。第三天暮色朦胧之际，几人又分别从不同来路聚集在崇妃陵，他们要用炸药炸毁珍妃墓那坚硬的地宫石门。于是，他们这一次将哨位放在了稍远点儿的四周小山头上，为的是如果爆炸声引来土匪或军队，以便鸣枪示警各自逃散。开山炸石能手白泽坤首先设计开挖出比例精确的三个炮眼，为确保一次爆破成功，白泽坤特意把药量加得比平常多些。一切准备就绪，其余几人迅速离开墓区隐藏，只留白泽坤一人负责点燃导火索。两分钟过后，连续3声炸响，震得四周山梁都有些颤动。轰炸声一停，李纪光、鄂士臣几个负责入墓取宝的人就扑向坟墓宝顶。他们发现宝顶处被炸开一个大洞，洞内烟雾弥漫，火药味和霉腐味直呛鼻孔。鄂士臣将一盏油灯用长绳系好后放进墓室，见灯光忽闪几下并未熄灭，于是趴在洞口的李纪光迅速取出蜈蚣梯子顺进地宫，整理好肩上的马褡子和腰间利斧，手里拿了一把手锯，踩着梯子像猴子一样窜入地宫。

进入地宫的李纪光，借着昏暗的灯光清楚地看到，地宫有八九米宽，十多米长，南边是地宫的石门，由一长形条石顶着，与石门相对的是宽大的宝床，宝床上是盛有珍妃尸体的精致棺椁。李纪光大略查看了一下地宫里的构造，就迫不及待地抽出利斧砍向珍妃的棺椁，几斧下去已将木制棺椁砍了一个窟窿，然后又用手锯将窟窿锯成能爬进一个人的圆形。此时，李纪光取过油灯向棺椁里望去，只见珍妃尸骨并未完全腐烂，面部皮肉虽然塌陷，不过五官仍能辨清，李纪光感到有点呼吸短促。但是，他见珍妃头戴朝冠，身穿朝服，手执玉石，腰挂锦囊，身体两侧堆放着许多珍宝如意，就不由得充胆壮，爬进了半截身子，伸出双手去抓，将凡是能看到摸到的珍宝，一股脑儿全装进了马褡里。私欲极强的李纪光为了独占一份珍宝，将一些自认为贵重的珍珠藏在棺椁的拐角处，以备自己再返回私取。地宫外的鄂士臣等人见李纪光久不上来，担心时间耽误过长而被人发觉，就催促李纪光快点取出珍宝上来。待李纪光爬出地宫将珍宝交给鄂士臣等人清点时，几个人全都惊呆了，只见有百十件稀奇珍宝在暗夜中熠熠发光，特别是一件镶玉的如意更是触人眼目。鄂士臣等人清点完宝物后仍在惊喜发呆之时，关友仁拍了一下他们的肩膀提醒说："还不快走，赶快离开这个是非之地。"仓皇逃遁的8个盗墓者也顾不得堵上地宫的洞口，背着装满宝物的马褡，往附近下岭村的张茂父子家摸去。而心里一直惦记着藏在珍妃棺角那些珠宝的李纪光，假装肚子疼痛突然蹲在地上，他让鄂士臣等人先走一步，自己休息一会儿再赶往张家。众人见李纪光好像真是疼痛难忍的模样，也不勉强他就急忙逃走了。不过，在关友仁接过李纪光肩膀上的马褡子时，李纪光还顺手从马褡子里取了一件宝物披进自己的衣服里。贪婪的李纪光待鄂士臣等人走远后，匆忙跑回珍妃墓地，摸黑爬进地宫的棺椁里，取走了私藏的那些珠宝后也溜之大吉了。

　　回到下岭村张家的几个盗墓人，急不可耐地将宝物倒在炕上再次清点。精细的鄂士臣和关友仁一眼就发现少了那件金如意，详查一遍又发觉少了一块银壳的西洋怀表。鄂士臣见状，"啪"的一声将手枪拍在桌子上，厉声呵斥："咱哥儿们有福同享，有难同当，谁再三心二意，老子的枪可不答应。"众人面面相觑，一时都被震住了，好半天张志敏才哆哆嗦嗦地从怀里掏出那块怀表，其他几人见状并未计较，只是那只金如意无人供认交出来。几个人便想起了中途溜号的李纪光，猜测说一定是他拿走了金如意。急愤的鄂士臣和关友仁安排其余人在张家等候，便提着枪立即赶往凤凰台村的李纪光家。到了李家，他俩见李纪光正美滋滋地独坐在炕上喝酒，俩人一言不发，架起李纪光就走。来到华北村的荒地女儿沟，鄂士臣一脚踹倒李纪光，用枪顶住他的脑袋，喝令李纪光交出金如意。李纪光一见俩人真的动了怒，只好乖乖地从腰间取出那件金如意，鄂士臣接过宝物"哼"了一声。关友仁见状，就劝说李纪光一同到张家共商如何处置宝物的事。就在张家那间昏暗的小屋里，几个盗墓贼面对诱人的珍宝，一时不知该如何处置。当鄂士臣和关友仁提出按事前的商定卖宝买枪拉队伍的想法时，其余几人便都不吭声了。随即，那保余、苏振生、白泽坤和张家父子都说干脆分了宝物，各自去过自己的幸福生活，唯独李纪光自感愧疚没有说话。争来争去，鄂士臣和关友仁无奈，只得同意分了宝物。几人将所有宝物分成8份，并将那件贵重的金如意也用斧子劈成8块，用抓阄的方法私分了这些稀世珍宝。

　　几天后，珍妃墓被盗的消息传出，伪满洲国"皇帝"溥仪大为震怒，立即派遣军队进驻易县清西陵陵区，严密搜捕盗墓者。8个盗墓者见事已败露，担心被抓住送了性命，纷纷逃离家乡，潜居北京、天津和附近的一些地方，等待事态平息。不料，一次李纪光忍不住回易县探听风声，由于在县城多喝了几杯酒，就胡言乱语说自己发了大财，赚的钱一辈子也花不完。易县人都知道，李纪光家里穷得叮当响，连媳妇都找不上，至今还是光棍一条，他哪来那么多钱呢？有人就向伪满军警提供了这一线索，于是李纪光很快被抓获。经过严刑拷打，李纪光承受不住酷刑供出盗墓真相，以及同伙7个盗墓贼。盗墓案件水落石出，伪满军警将李纪光斩首示众，并张贴布告到处捉拿其他同案犯。一时间，"夜盗珍妃墓"和盗墓贼被砍头的事，成了轰动一时的特大新闻。听到李纪光被砍头的消息，另外几个盗墓贼惊恐万分，都打算远离家乡到外地求生度日。然而，大胆的鄂士臣在出逃之前从北京返回易县，准备取点东西再走，可刚到易县车站就被伪满军警辨认出来，并擒拿归案了。一番审讯验明身份后，鄂士臣也落了个身首异处的结局。再就是下岭村的张家父子，在外隐姓埋名苟活了7年，直到日本战败投降后才回到家乡，不几年也命丧黄泉。除主谋之一关友仁外，其余几人自始至终都杳无音信。而关友仁在盗墓事败后，先后在北京、天津、济南等地卖掉了一些珍宝，换得1.2万元的联合票子，毅然独自逃往关东。到关东最初的几年里，关友仁一边做生意，一边招兵买马，拉起了一支有千余人的队伍，同日本人打了几仗后就剩下光杆司令了。没有乱世英雄气魄的关友仁，自知不会形成什么气候，便偃旗息鼓，在关东隐姓埋名过了27年的独居生活。1965年，年过半百的关友仁思念故土，重返家乡易县凤凰台村，以图叶落归根。中华人民共和国政府并没有再追究关友仁的盗墓罪责，而是鼓励引导他到西陵陵区去工作，向游人讲述自己当年夜盗珍妃墓的亲身经历，也算是留下了那段历史的活证。

附一：明帝陵一览表

序号	陵名	皇帝姓名	年号	庙号	谥号	在位年代	世系	享年	梓祔后妃	陵址
1	祖陵	朱百六		德祖	玄皇帝		太祖高祖	不详	胡氏	江苏盱眙管镇乡
		朱四九		懿祖	恒皇帝		太祖曾祖	不详	侯氏	
		朱初一		熙祖	裕皇帝		太祖祖父	不详	王氏	
2	皇陵	朱世珍		仁祖	淳皇帝		太祖父亲	64	陈氏	安徽凤阳西南
3	孝陵	朱元璋	洪武	太祖	高皇帝	1368—1398	太祖	71	马氏	南京钟山南麓
4	长陵	朱棣	永乐	成祖	文皇帝	1402—1424	太祖四子	65	徐氏	北京昌平天寿山
5	献陵	朱高炽	洪熙	仁宗	昭皇帝	1424—1425	成祖长子	48	张氏	北京昌平天寿山
6	景陵	朱瞻基	宣德	宣宗	章皇帝	1425—1435	仁宗长子	37	孙氏	北京昌平天寿山
7	裕陵	朱祁镇	正统、天顺	英宗	睿皇帝	1435—1449/1457—1464	宣宗长子	38	钱氏、周氏	北京昌平天寿山
8	景泰帝陵	朱祁钰	景泰	代宗	景皇帝	1449—1457	宣宗次子	30	汪氏	北京西郊金山下
9	茂陵	朱见深	成化	宪宗	纯皇帝	1464—1487	英宗长子	41	王氏、纪氏、邵氏	北京昌平天寿山
10	泰陵	朱祐樘	弘治	孝宗	敬皇帝	1487—1505	宪宗三子	36	张氏	北京昌平天寿山
11	显陵	朱祐杬		睿宗	献皇帝		宪宗父亲	43	蒋氏	湖北钟祥松林山
12	康陵	朱厚照	正德	武宗	毅皇帝	1505—1521	孝宗长子	31	夏氏	北京昌平天寿山
13	永陵	朱厚熜	嘉靖	世宗	肃皇帝	1521—1566	宪宗孙	60	陈氏、方氏、杜氏	北京昌平天寿山
14	昭陵	朱载垕	隆庆	穆宗	庄皇帝	1566—1572	世宗三子	36	李氏、陈氏、李氏	北京昌平天寿山
15	定陵	朱翊钧	万历	神宗	显皇帝	1572—1620	穆宗三子	58	王氏、王氏	北京昌平天寿山
16	庆陵	朱常洛	泰昌	光宗	贞皇帝	1620	神宗长子	39	郭氏、王氏、刘氏	北京昌平天寿山
17	德陵	朱由校	天启	熹宗	悊皇帝	1620—1627	光宗长子	23	张氏	北京昌平天寿山
18	思陵	朱由检	崇祯		愍皇帝	1627—1644	光宗五子	34	周氏、皇贵妃田氏	北京昌平天寿山

附二：清帝陵一览表

序号	陵名	皇帝姓名	年号	庙号	谥号	在位年代	世系	享年	祔葬后妃	陵址
1	永陵	努尔哈赤父祖6人								辽宁新宾启运山
2	福陵	努尔哈赤	天命	太祖	武皇帝	1616—1626	显祖长子	68	孝慈	辽宁沈阳市东郊
3	昭陵	皇太极	天聪、崇德	太宗	文皇帝	1626—1643	太祖八子	52	孝端	辽宁沈阳市北郊
4	孝陵	福临	顺治	世祖	章皇帝	1644—1661	太宗九子	24	孝康、孝献	河北遵化马兰峪
5	景陵	玄烨	康熙	圣祖	仁皇帝	1661—1722	世祖三子	69	孝诚、孝昭、孝懿、孝恭皇后和敬敏皇贵妃	河北遵化马兰峪
6	泰陵	胤禛	雍正	世宗	宪皇帝	1722—1735	圣祖四子	58	孝敬、敦肃皇贵妃	河北易县泰宁山
7	裕陵	弘历	乾隆	高宗	纯皇帝	1735—1796	世宗四子	89	孝贤、孝仪皇后和慧贤、哲悯、淑嘉三皇贵妃	河北遵化马兰峪
8	昌陵	颙琰	嘉庆	仁宗	睿皇帝	1796—1820	高宗十五子	61	孝淑	河北易县泰宁山
9	慕陵	旻宁	道光	宣宗	成皇帝	1820—1851	仁宗二子	69	孝穆、孝慎、孝全	河北易县泰宁山
10	定陵	奕詝	咸丰	文宗	显皇帝	1851—1861	宣宗四子	31	孝德	河北遵化马兰峪
11	惠陵	载淳	同治	穆宗	毅皇帝	1861—1874	文宗长子	19	孝哲	河北遵化马兰峪
12	崇陵	载湉	光绪	德宗	景皇帝	1874—1908	醇亲王二子	38	孝定	河北易县泰宁山
13	华龙园陵	溥仪	宣统			1908—1912	第二代醇亲王长子	52		河北易县泰宁山